学会谢幕

长江 著

The End Of Life

by
Chang Jiang

北京出版集团公司
北京十月文艺出版社

目　录

序一

让我们一起来补课

去年长江女士、陈新红编导和她们《新闻调查》的团队来采访协会，说实话我挺担心。推广生前预嘱复杂又繁琐，没有点新闻训练和理性精神，光把什么是生前预嘱说清楚都不容易。结果长江和她的团队不仅带来圆熟的新闻技巧和缜密的理性精神，她的洞幽察微的热情和能力更让我印象深刻。

这本书再次印证了我的感觉。这个走南闯北、视野开阔的职业记者谈起生死来，既有宏大格局也有感觉和温度。我惊异于她身边发生了那么多的故事，更惊异于她能把这些故事排列在一条始终严密的思维逻辑的两侧，使得她的追问和探究能层层深入，也能渐次丰满。但我又有疑问，在这些神秘莫测的生死故事中穿梭，在庞杂的社会明暗中往来，在最深奥的哲学问题上停留，这个女人到底要告诉我们什么？就算她是好记者，可回答这种问题也足够困难。好在这个聪明的女人用最合适的方式结束了她自己这趟艰苦卓绝的生死巡礼——她并没有给出答案，而是把希望寄托在对中国社会进行全方位的生命教育。

什么是“生命教育”？它是教育学的一个分支。20世纪60年代由美国兴起。最初是在中小学学生中为防止青少年自杀和霸凌现象展开，中心思想是尊重自己和他人的生命。美国生命教育四大内容是死亡教育、品格教育、挫折教育和生育教育。其中死亡教育排在了第一位。“生命教育”一经推出，在全世界不胫而走。我国的香港和台湾地区的教育大纲中也都有相关的内容和课程。据我所知，尽管我们的传统文化中有许多生死智慧，但“生命教育”在我们这里却从未有过这种地位。我们对每个公民在社会现代化过程中应该具有怎样的生命意识，还没有清醒认识。我相信每个人都能感觉到，由于对自我和他人的生命缺乏了解和尊重，我们还在经历许多苦难、羞辱和遗憾。

这本书开了好头，让我们一起来补课。

北京生前预嘱推广协会会长
罗点点

序二

学会谢幕，从现在开始

说起来，我和长江算是战友。20世纪70年代我们同在兰州军区，她做演员，我当医生。虽未曾谋面，但我看过她写的一篇文章，说当小兵，因为练功受伤，被送至驻军医院做膝关节“半月板切除术”。术后，由于没有充分止痛，那种撕心裂肺的疼痛以及未获重视的感觉，给她的生命留下了一道深深的刻痕。从那时起，长江就对生命有了自己的感悟，脑子里嵌入了一个对生命意义本质思考的“印记基因”，开始懂得作为生命的载体，人的本尊从生到死是要如何对待；面对病痛和生死不要因渺小、无奈而忘记了抗争。因此，几十年后，这个“小兵”已成为作家，并在中央电视台做起了记者，她开始关注人生、关注生命，制作了一系列电视节目，希望唤醒更多的人来关注我们人生旅途当中最为重要的问题——生死。

和长江接触较多，是到了2017年夏天北京生前预嘱推广协会研讨“安宁疗护”，会议间隙的一次采访。她那连珠炮似的发问、刨根问底的采访以及把握话题的分寸感，使我感觉遇到了一个认真的、“不好打发”的记者。采访快结束时，她终于提出了一个难解之问：“医生凭什么标准掌握患者的‘生死簿’？怎么防范本来可以治愈的患者被医生误判为不治？”我知道，这个问题也是广大电视观众理所当然的重大关切。我欣赏这样的发问，一个对受众负责任的记者应该有这样“有分量”的发问。我尽量避免使用专业术语，力图把这个富有挑战性的提问用通俗的语言解释得清楚些。但是毕竟事关生命、法律和伦理，三言两语难以说清。我对自己的回答很不满意；看得出来，长江也不满意。

此后，我查阅了很多文献，再次梳理思路，并对病房住院患者做了一番了解，决定约长江再进行一次医院内的现场访谈。我想通过对医院工作程序的展示，以及患者和患者家属切身体验的讲述，使观众获得更有说服力的解答。当然，我也做了被拒的准备。因为并非所有记者都愿意带着一干人马和笨重的设备，在一个不一定适合拍摄的环境里听任采访对象的“指挥”。但是电话打通了，她痛快地答应，并见缝插针安排了时间，很快就带着团队出现在我们陆军总医院的肿瘤病房。功夫不负有心人，这次采访是成功的，电视播出后反响不错。我对长江和她的团队的敬业精神，以及她对生死问题的深刻思考也有了进一步的了解。

阅读《学会谢幕》，作为医生，我对人生“谢幕”这回事，也确有共鸣。但毕竟，死亡是个沉甸甸的话题，当死亡无可避免，我们应该如何向人生告别，许多鸿篇巨制都未必能说得清楚。本书的成功之处则在于，作者就像学生谈毕业、演员谈谢幕，将亲身经历的、听到的、看到的一个个画面感很强的生死故事娓娓道来，书中的每个故事都像一颗珍珠，粗看似互不相干，仔细琢磨便不难发现每个故事都有一根主线——对生命和死亡的尊重与思考。这根主线将颗颗珍珠串联在一起，生死相依，首尾相连，两端闭合，生于自然，回归自然。这种“项链式的表达”以邻家姐妹或自家闺女聊家常的方式，以情感人，以小喻大，使民间普遍避讳、不好启齿的生死话题，变得比较容易被接受，也不会令人过于感伤或恐惧。

作为医生，其实我们每天都要不断地学习新知。

我愿意把人生比作上学。每天努力、收获，天天都享受进步，也难免忍受挫折，付出代价。但终有一天，我们要毕业，要离开这个世界，毕业典礼人人都有，我们要搞得漂亮一些！

《学会谢幕》是一本谈论死亡的书，也是一本励志的书。它告诉我们：正是因为死亡的存在，人们才应该好好地活在当下，让属于你的时光活出意义来。如果我们每天都能交上一份满意的“作业”，日积月累就能活出人生的大格局。在获得人生“毕业证”的那天，你将淡定地回眸一笑，完成一个优雅的转身，无憾地告别舞台，走向生命的另一端。

从现在开始，让我们准备谢幕，学会谢幕。

北京生前预嘱推广协会专家组成员
刘端祺

你有“死亡老师”吗？

一个小姑娘，50年前睁大了惊恐万状的眼睛——她的奶奶，死了，被人从家里抬出，去西山埋了。

人一旦死，抬是很艰难的。

那尸体不能竖着，平抬着遇到窄门、过道、上台阶、下台阶，都很费劲。

小姑娘的家就是那样，平房，北京西城区一条听说在清朝还是有点名气的小胡同——“后英子”胡同。

小姑娘恐惧，那恐惧不是浑身打战，是被冰寒捆住了全身，越捆越紧。

大人害怕惊着孩子，所以在拉尸的那天就把小姑娘放到了院子的西屋，叔叔的家。本意是想让她远远地躲开，但西屋有窗户啊，玻璃窗——奶奶是从东屋被人抬出去的，正对面，看得清，要不怎么还记得把奶奶抬出去的时候“很费劲”？

小姑娘一边看一边哭一边想：天哪，妈妈，怕！昨天，我还给奶奶揪药丸儿呢，晚饭的时候，奶奶半靠在饭桌边床铺的被摞上，哮喘，说不清话。今天，她就不说话了。这就叫死？

死了的人被活人抬走，身上脸上都裹了被单，再也不看这个世界，这个世界也再也看不到她？现在，家里还只是奶奶一个人，那以后如果……我的爸爸、我的妈妈……我可怎么办啊？

小姑娘太小了，尚且还没弄懂“活着”大概的意义，“死亡”就已经站到了她的身前，而且仿佛永远就会在前边站着——

对，这个小姑娘不是别人，就是我，后来长大了，当过兵，读了大学中文系，成了一名记者，先后进了报社、电视台，近些年还用了不少的精力一直在采访并制作着电视系列专题，都是和生死有关的，比如《你立遗嘱了吗？》《“生前预嘱”》《器官捐献》《生命接力》《病房里的“童年”》《童伴妈妈》《地震孤儿》《不该缺席的生命教育》……

这些片子在采访的过程中，我认识了很多人，记录了很多生命的故事，主人公大多可歌可泣，大爱无疆，或与癌共舞，身残志坚，都是生命的强者。但是有一天，我参加了一场“特别的”欢送会，这个“欢送会”与其说是一场“欢送”，不如说就是一场特殊的“遗体告别”——我震惊了：

人原来可以这样面对死亡？

用微笑代替悲鸣？

用天蓝色的拖地长裙代替丧服天经地义的一身黑色？

这世界原本的样子是什么？应该是什么？现在怎么了？

…………

于是我请了一位朋友，也是我们中央电视台的资深女记者，在闲暇时开通了富有自媒体时代浓厚特征的荔枝广播电台——《人生三万天》，我就央求她说：Li，我实在静不下心来，遇到了一件事，一家人。面对死亡，这家人与常人不同，太不同了。我睡不着觉，心里放不下，于是就写了一篇短文，你给咱先在你的平台上播了吧！之后，Li 就很快播出，我一遍遍地听，一遍遍地忍不住流眼泪……

我写给 Li 的短文是这样的：

这是我采访时遇到的一位 13 岁的小姑娘，名叫果果。

果果美丽、善良、聪慧、热情，是一位能舞动人心的小天使。这个小姑娘几乎把天底下父母希冀孩子能有的各种优点都集中了。特别是与你一样，在荔枝广播电台刚刚开通了自己的“钻石星空”广播站，自己写稿、自己播音……然而不幸，9 月 16 日，她完成了自己的第一次播音，突然大祸降临，脑血管先天性疾病突然发作，意外地倒下，永远地离开了她的父母、家人和她无限热爱着的人间生活……

我被果果感动，不仅仅是因为参加了一场对她的“欢送会”，更是因为当果果在医院被证实大脑已经失去了再生之机，医生征求她父母的意见：“你们是否愿意替孩子捐出她的器官和组织，比如肝、肾，眼角膜？”果果的父母啊，他们“只用眼神交流了一下”，就当场告诉医生："我们愿意，愿意！因为这是果果的希望，我们的孩子活着的时候虽然总是大大咧咧、天真烂漫的，但她乐于助人，让周围人都能感受得到来自她的快乐与幸福，因此果果如果知道人间有此'器官捐献'的善举，她是一定会这样做，一定会的！"

"讣告"原封不动：

各位亲朋好友，我是果果，是上帝派来人间的小天使。

我用13年的时间带给大家幸福和快乐，现在，我的使命已经完成，要离开了。

我是璀璨星空最明亮的星星，现在要飞回我的星空。

亲们如果还想再见我最后一面，请于2016.09.23晚上8：00—深夜来参加我的送别会。

送别会地址：

菜园坝长滨路对面安乐堂三楼怡安园

（再下是爸爸、妈妈、舅舅的联系电话）

…………

回首我的大致人生，一辈子干的主要是记者。

做记者的便利之一就是让我有机会接触人，很多人，走南闯北，阅人无数。

但坦白地讲，我还从来没有遇到过像果果、果果父母这样的人。

他们如此独特地面对生死，对生死有着我从来不曾见识过的另外的一种判断和眼光。

我对果果父母的采访，是在“欢送会”召开前的一个小时。

果果妈妈就是穿了一件天蓝色的拖地长裙，一头披肩长发，她的“装扮”本身就让人想到“天使”或“天国”的什么内涵和地方。后来我知道，那是因为果果在妈妈的心里真的就是来自天国，果果喜欢天蓝色，所以她的妈妈今天也就不穿黑，不仅不穿黑，而且说出来还不会有人相信，在整个的采访过程中，果果的父母手握着手，慢慢地告诉我他们的女儿如何发病、如何抢救、如何不治，又如何千呼万唤也睁不开了一双美丽的大眼睛，从头到尾，轻声慢语的，没有哭，没有哭，始终也没有流下过一滴眼泪。

天哪！

这是刚刚失去了 13 岁独生女儿的父母吗？

这是面对媒体向世人诉说女儿的种种“好处”，而女儿又已经再也不能“回来”了的父母吗？

妈妈说：“我们替果果献出了一个肝、两个肾、一对眼角膜，听说能救 5 个人！”

爸爸说：“果果是快乐的‘小天使’，她来到我们家 13 年，已经带给了我们太多的欢乐，所以现在她要回她的天国去了，要去做她在那边还要做的事情去了，我们只有‘笑’着让她‘走’，给她办一个符合她心愿的——‘欢送会’。”

果果走了，这对夫妇再也不能听到女儿呼喊爸妈的声音，再也不能感受女儿给予他们成长的惊喜以及爱的回报！甚至再也不能感受来自女儿的哪怕一丝温度、一丝气息！

但他们不哭。就是不哭。

采访过后，当晚，包括第二天的晚上，我都没有睡好觉，整个摄制小组从编导到摄录老师，大家一样地都被“果果的故事”深深地震撼了。甚至我们心里都在质疑：“果果的爸妈为什么不哭？”“有不哭的理由吗？”“他们这样的表现算作坚强抑或只是一种姿态？”“他们是人吗？”“冷血？”“还是对生死麻木或有着特殊执念的超人？”

我们求解。无解。想质问。但又没有对象。

所以很难受。

整个世界经了你的阅历，觉得已经是差不多了解了，慢慢地正在变得透明，但突然间，你被告知“自己根本就什么都不懂”！至少在生死面前什么都不懂！

其实，“天使”般的女儿走了，果果的爸妈怎么能不难过？

果果爸妈的故事我还没有讲完，以后我还要交代结局。但眼下，我要开始探讨生命特别是“死亡”的话题了，为什么“果果的故事”会突然间半路杀出闯进我的脑海？他们一家人都是要有意或无意地要把我带入一个地方，一间课堂？一所学校？在这间课堂、这所学校里，他们是老师，我是学生，但能够给我做老师的又不仅仅只有他们。

很多人都笃定有资格登上讲台给我讲讲“生与死”的事情，并提出一些问题来对我发出拷问。我能回答吗？很多问题我思考过吗？

没有。

这时候我才知道自己的心空空如也——面对生死，特别是死，我真是两手空空，目不识丁，赤贫一个啊！

所以我要重新开始学习——做做学生了。

“死亡”凭什么令人恐惧?

多么渴望与人交流，与医生、护士，病人、家属，临终之人……

人来了，机会来了。

2017年夏天，我为《新闻调查》策划、采访了一期电视专题《我的生命谁做主》。

我的生命“谁”做主?

对，就是这个命题。

查看日记，那是8月9日的一个上午，我在北京海淀医院“安宁疗护”病房，听到了一位退了休的77岁的老人给我讲述她的故事。

这位老人来自东北，退休之前，是东北一个县人民医院急救科的老护士长。

老护士长很高、很瘦，年轻时应该是风风火火的一个能人。只不过现在老了、病了，我见到她时，她说话已经“有气无力”，但是很想说，很愿意说。

我对她的采访就在病房，她的鼻子里还插着氧气管，人没有靠在床头，而是打横坐在了病床的正中间，盘着腿。

我轻轻地问，她轻轻地答，话语里充满了真知灼见，一边说还一边总提醒着我："你不用这么悄没声地，你可以和我就正常地说话。"

"好。"我笑笑，知道老护士长此刻的情况和她入院前比已经好了很多。

但老护士长从东北来到北京做什么？住院治病？

不，她不是来治病的。

不是来"治病"的，那老护士长来北京干什么？

找死的，找一个好的死法。

老护士长说："我不是为治好病而来。你瞅我这一辈子，一生都在医院，天天跟病人打交道，各式各样的病。看过的太多了，所以我并不怕死。"

不怕死？

老护士长说得很认真，我也能感到她说得很诚恳，但……

"不怕死，可是我害怕，害怕有一天我突然陷入了昏迷，被人送进医院，我可不愿意被'积极抢救'，被人心肺复苏，插管、切喉、上呼吸机地一通瞎折腾，不仅最后还是个抢救无效，还是个死，而且体无完肤地连个'人'的样子也找不到。我就害怕弄成那样！"所以她来北京，就是为了躲开抢救——不做无谓的抢救——"不想瞎折腾”！

“哦，原来是这样。”

“像我这样的肺癌晚期，根本就治不好了。”

老护士长说：“我是从医院里‘泡’过来的，老伴也是医生，还是专门搞肺科研究的。我们都再清楚不过我这次没救了。可孩子们不干啊，说：‘妈您还是治一治吧，不就是做做放疗、化疗。’我心说做放疗、化疗？那滋味儿妈都知道啊，恶心，呕吐，吃不下饭，掉头发……但是后来，我觉得自己也不能太自私不是？就为了孩子，还是去做了。这中间所有我之前就知道的‘罪过’，我整个地遭了一个遍。一点也没管用（化疗不是对所有的病人都有效的）。到最后发展到白天夜里睡不成觉，躺不下，憋喘，还老吐。”

老护士长直对着我的脸，对我说，其实是在问我，也是在问这个世界：“你知道这次我住院之前我都成了什么样子了吗？”

我不知道怎么回答，但知道结果一定很糟。

她说：“那胸口憋的——就像落水，快要淹死的人，最后挣扎的那一刻……”

快要淹死的人？还是最后挣扎的那一刻？

我和老护士长聊了一会儿，怕她累，就让她稍微歇一歇。她的先生和儿子此刻已经被摄制组的编导叫出来，在其他的房间里准备继续接受我的采访了。

那先生，我说的是老护士长的爱人，自己也是医生，79 岁了。

说起老伴儿这两年得的病，这两年治疗，一路所吃的苦，老先生眼泪哗哗的好几次都泣不成声。

“最关键的，这些苦都白吃了啊，没有用，从一开始我们就知道根本就没用！所以我们这次来北京，只是希望能有医院、有医生，能够帮助她‘走’得好一点。”

我这一辈子，有父亲、先生、哥哥，作为记者，我也不知道采访过多少中老年的男性朋友，但说老实话，我还从来没有见过一个老男人在我的面前，这样无奈、这样痛断心肠地哭过！

突然有一刻，我好像一下子明白了，人最后怕死，其实怕的是什么。

“死亡”是人类的终极恐惧，但人到了病入膏肓，病人和家属“最怕”的，首先是集中在患者身体上的疼痛和难受。所谓生不如死，生理上第一，永远第一，然后才是心理，然后才能顾及自己身体以外的方方面面。

生命只在呼吸之间

2018 年 6 月，海南。600 个大学生正在等着我去给他们讲课。

讲什么？《记者的看家本领——“问”与“说”》，都是我的亲身经验，成功与失败，统统现身说法。

但临行的前一天，6 月 6 日，4 号台风“艾云尼”正准备登陆海南或广东，查查天气，尽管海南气象局发布的气象预报最高气温只有 34 摄氏度，但飞机一落地，嚯，浑身冒汗，橙色暴雨警告，中小学全部停课——海口的机场那叫一个热，室外一站，几分钟身体就成了刚出锅的蒸白薯。

次日，我把课讲下来了，3 个半小时，声嘶力竭，兴奋让我顾不得天气的闷热，介绍我去讲课的一位好心大姐，也是 3 个半小时，坐在台下，一直在听我讲课。

我们都是北方人或常年生活在北方，对突然的高温、高湿，难以适应，备受煎熬，身体就埋下了伏笔，当时谁都不知，谁也没有特别地去在意。

第二天，按照原计划，我们要开车去博鳌参观。

一路上，大姐开始还和我坐在后排，有说有笑。本来海口到博鳌，距离只有120公里，4个人在车上，有空调，说说笑笑，个把小时很快就到。但渐渐地，大姐不怎么说话了。这有点反常。

我问："大姐，你怎么了？是不是有点不舒服？"

大姐说："嗯，有点胃疼，好像还有点想拉肚子。"

我马上对开车的学校领导（义务给我们当司机呢）讲："前边有服务区吗？能不能停一停？"领导说"没问题"，正好他也要去加个油。

于是我们就到了服务区，我先从车上下来，紧走两步去前边找卫生间。这时大姐突然在后面叫了我一声："长江，我，不大好，快扶我一下。"说着人就站不住了，我和另一位同车的女友马上走到她身边去扶她，我们想帮着她往前挪一两步，一两步前就有一条凳子，大姐就可以坐下来，但这时大姐整个人，身体就开始往下出溜。

跟着，更糟糕的情况也很快出现——大姐脸色煞白，目光空茫，牙关紧咬。

天哪！我的天！

我的心狂跳，知道大事不好，这是要出、出大事啊？！

我吓得魂儿都没了。但，坚强，强作坚强。嘴里不断地对大姐说："大姐，别怕，别怕，我是学过急救的，有我在，你就没事！啊，没事！！"但我心里恐惧啊，一副天不怕、地不怕的架势是摆出来了，但咱这一辈子，不是医生，没有什么医学常识，而且从来没有经历过这样的阵势。

说着、喊着，大姐的神志不但没有恢复，差不多“魂儿”也消失得越来越远。

我依着本能地救她，不能不救，反正得救！

脑袋里迅速判断：急救，什么是急救？第一步、第二步，我该做什么？

有十年我曾经被中央电视台派到香港去做记者，去之前，央视委托北京120急救中心的老师们给我们普及了一下急救的常识，做过心肺复苏的训练，要说会，我应该是会的，培训过，训了几天这不假，可放下已经多年，都忘了！到了生死攸关的时候，我脑袋发蒙，不知道该怎么出手啊！

怎么办？怎么办？

我突然意识到：“大姐这样子会不会是犯了低血糖？瞬间低血糖？对！瞬间低血糖是可以让人突然昏迷。”

于是我赶快跟服务区的小卖部售货员大喊了一声：“快，拿瓶可乐！”

当时为什么要这样做？不知道，就是一下子想到了这。

售货员问：“听装？瓶装？还是塑料瓶的？”

我说：“塑料瓶的，就要塑料瓶的！”

为什么要“塑料瓶的”？我也不知道，就是手头近，就以为能快一点能拿到。

不过，给昏迷的病人灌可乐，我这“急救的思路”是从哪儿来的？对不对？

这思路是我忽然想起了一个案例，也是朋友曾经亲身经历过的，说是有一辆大巴，旅游大巴，一位先生，老年，也是突然出现了这种状况，很多人就喊“快，快给他掐人中、掐虎口”，还有人急忙找来针要给他放耳血、指血，旁边当然也有人第一时间就用手机拨打了120电话。但是这些方法都不管用，也都来不及了。忽然有个人提出：“快给他喝口可乐！”于是人们就像我一样，立刻给老人家灌下可乐，过一会儿，人醒了，上了大巴车，又行动自如地接着去旅游景点参观了。

人的生命很奇特，有时眼看着说不行就可能不行了，但一口可乐，生命又回到身体里。

我当时脑袋就是忽然想到了这件事，就一个思路，也不管对不对，更没时间去和大家商讨，就赶快拿了可乐给大姐喝。

但是，可乐来了，大姐却牙关紧咬，根本喝不下去。

我和朋友就用手捏着大姐的嘴，幸好，可乐是塑料瓶的，可以给她往嘴里挤。

没喝多少，大姐的嘴松动了，我拼命地跟她喊：“大姐，喝，大姐你快往下喝！喝！”

然后我们又把她抱上车，又喝，再喝。

这个过程，大约有十分钟？我不知道。已经顾不上精算时间。

终于，大姐醒了，她告诉我刚才她的身体已经不能自控，有一段时间她是“什么都不知道的”。

事后，司机领导讲，当时他看到“大姐的瞳孔都已经散了”，说：“长江你真棒，在这样危险的时候，你竟然这么冷静，还知道这是‘低血糖’，还有方寸给大姐灌可乐。”

我说：“我哪里有什么冷静和方寸？我都被吓破了胆！是误打误撞，死马当活马医！”

直到大姐回到车上，慢慢清醒了，我还用手给她掐手指，拽耳垂，一个劲地拍打她胳膊肘的两侧内窝，十八般武艺乱来一气！

大姐后来说“疼”，她有知觉了，一个“疼”字把我的魂儿才给拽了回来。

我的天！有惊无险，一场虚惊，够吓人的。

世上每一件事，能知道结局的，也许都不可怕，但不知道结局或知道了结局你却束手无策，那才叫恐怖！

生命有时非常顽强；但有时，却脆弱得经不起一点点的“不适”。

所谓生命只在呼吸之间，这回我可算领教了。

第二天回到北京，大姐去找她协和医院的一个医生朋友，帮忙分析当时的她究竟是出现了“什么情况”？朋友说：“当时你就是肚子不适，后来不自主地拉了，电解质就大量遗失，身体平衡被突然打破，胰岛素出现紊乱。这种情况很可怕，你懂吧？要不是那两口可乐，你老人家说不定就——”

当天晚上，大姐发来了一条短信：“滴水之恩当涌泉相报，这救命之恩，我可怎么报答啊？”我说：“报什么报？你能好过来了，就是对我、对我们最大的回报！”

博鳌之行的其他两个人也都这么说。

这是真话！生命只有一次，一撒手，不一定还能拽得住！

回海口的路上，大姐一路上还是和我坐在小汽车的后座。她总结说肚子是从头一天就开始“有点闹腾”，早上吃了一小碗米粉，光喝汤了，也没吃碗里的肉，可能是因为饿——原来“饿”，是可以导致人出现低血糖的。

这是常识。

多么简单。

但我们就是不知。

我忽然感到我们的教育体系，从幼儿园到大学，再到研究生，即使不是学医科的，也应该对医学常识有一个强迫性的学习，要算学分。这到了关键时刻，或许有用！

快到海口了，大姐在车上开始接电话，是家里人要和她微信视频。参加视频聊天的有她的先生、儿子、儿媳，还有每天都要看一看的小孙子。

我身边，大姐在手机里逗着小孙子，“××，奶奶呼唤××！”

“奶奶呼唤 ××！”

北京那一边，小孙子咯咯地笑着，正牙牙学语，还叫不出“奶奶”，但知道这是在和奶奶通话。一家人其乐融融，世界充满自然、平和与安乐。

但，几个小时以前呢？生死两重天！

此刻大姐的家人怎么会知道几个小时前，他们家的“台柱子”——先生的妻子、儿子的母亲、小孙子的奶奶，刚刚遭遇了一场麻烦，这场“麻烦”非同一般，是和生死有关的，是和死神“掰了一次手腕”的。

亲人们不知道，或许日后不管大姐怎么向他们解释他们也都无法想象：

万一当时我们没去服务区，

万一当时小卖部没有可乐，

万一当时我的判断不对，又耽误了时间，

……

那此刻，大姐还怎么能跟家人视频？还怎么能再看到可爱的小孙子？

那就“阴阳两隔”、乾坤大变了！

癌来了，不是“狼来了”！

2017 年 2 月，中国癌症中心发布了“最新癌症的统计数据”：

全国每天被确诊患癌的人数大约在 1 万人左右，平均每分钟有 7 人；

患癌风险 36%，其中肺癌最可怕；

40 岁之后发病率快速提升，80 岁达到高峰。

——癌来了，不是“狼来了”！

当我看到这样的统计，不由得想：数以万计的癌症病人，每天啊，很多人一被发现就是晚期，就要忍受疼痛和治愈性治疗所必然伴随而来的种种折磨——面对这样的群体，我们不想想办法能行吗？

生，当然是美事，吃喝玩乐，生儿育女；成长有喜悦，欲望可满足；

但死呢？我们怕它，生理上是怕疼、怕喘、怕难受，生理之外还有心理，怕什么？

死亡代表着决绝、冰冷、无情与无助，闭上眼睛就永远地再也不能睁开。

况且我死了，尸体还要被烧、被埋，等等。这哪一样的“处理”，如果你展开了想象，或没有坚定的信仰，都是不堪！

死亡的世界里还分天堂和地狱这两样不同的地方。外国人眼里有“天使”“魔鬼”；中国人眼里有“菩萨”“牛头马面”，谁知道自己死后第一眼看见的是什么？据说第一眼看见的是“菩萨”，就是进了“天堂”；第一眼看见的是“牛头马面”，就是下了“地狱”！

所有人死了都不会再回来告诉我们他在“死亡的世界”里是什么命运，遭遇了什么？愉快？还是煎熬？

因此死亡裹挟了太多的未知、阴森、恐惧，对活着的人永远都是一个不想走近的谜。

当然，“死”，也有人不怕。

那些说不怕死的人属于极致的“乐观主义者”。

曾经，我亲耳听过一个“乐观主义者”这样说：“死？想想其实不就是油灯耗灭，今天晚上说咱累了，睡觉吧，就关灯，明天就再也不醒来，不起来。很简单。”

这样的“简单”真轻松，“轻松”到可以搭配“远方的田野与诗歌”了。

但现实没有那么浪漫！现实中的我们，苟且着，一提到死，大多数人还是怕！

怕什么？

第一，不知道死亡何期而至；第二，不知道它会以怎样的方式找上门来，是心脏病？脑出血？艾滋病？癌症？车祸？还是慢刀子割肉？一点点地疼你、憋你、耗你？

所以，人怕死是个普遍现象，很现实的难关。不是勇敢不勇敢的问题。更不是道德的问题。

不怕死的人要么是“叶公好龙”，要么是像“老护士长”一样，跟死亡打的交道太多了，对死亡“太熟悉”了。

熟悉？熟悉可以减少人们对死亡的恐惧？这是不是有道理？或许。

生命、死亡总是隔江相望。我们每个人都要“过江”，因此，是时候开一门有关死亡的课程了，让人们更多地了解死亡、认识死亡，这就好比船桨之于江水。

如果单独开设还不是时候，那就把它先放入“生命教育”的一类，一大类。

有人喊，现在，“死亡是一种刚需”！

是吗？这提法，含着天赋人权的崭新理念，对不对？

当然对，这喊声，要我说，不仅对，而且来得已经过迟。

中国，如今我们的中国，14亿公民的衣食住行、学习就业、医疗看病，是有基本保障的了，国家不允许哪一个孩子不完成九年制义务教育，国家也不允许哪一个人在完全没有经济来源的处境下不享受国家的生活救助，但“死亡”呢？我们老百姓想过死亡“这件事”吗？死亡也应该由国家给我们一份保障？保障什么？保障我们懂得死亡，保障我们可以通过帮助来做好“迎接死亡”“陪伴死亡”的各种准备。

我知道，至少在城市，中华人民共和国的每一个婴儿出生，都会有“准生证”，医院都要为新生婴儿建立一个出生档案。怀孕的妈妈也要定期接受孕检并被指定分娩的地点。但是“准死”呢？我们每一个公民有没有一个“准死”的关照？一套死亡的保障？包括接纳死亡的地方，选择临终照顾的方式，以及个人的意愿将如何、通过什么渠道来得以准确地表达，等等。

这个问题不是有没有人想到，而是“想到了这个问题的人”眼下还不能被社会理解，100个人中有99个，对此还“不以为然”。

但这不是一个问题吗？我们的社会没有这个需要吗？

有。

这个问题其实在我们关起门来，或有人正好谈论起来，大家七嘴八舌地就都觉得非常严重，今天，应该说我们普通的老百姓，大部分人的日子正一天比一天地好了起来，中国人整体已经完成了从

“站起来”到“富起来”，再到现在的“强起来”的一个过程。人们在丰衣足食的同时平均预期寿命正在一年比一年地提高，但人们越富了越惜命，越富裕了就越“怕死”，这不仅是一种表面上的悖论，而且人人都无法逾越，都要面对。

如何解决这个问题？这里不光是要靠“人力、物力”，首先是意识、是眼光。

人这一辈子，就生、死两件事，好好研究它，我们实力雄厚、我们人才辈出。

但中国人“文化自信”喊出去了，面对死亡的认识却还普遍停留在较低水平。我这样说是为了警醒还在酣睡的“梦中人”。

所以，必须在全国建立起一所没有围墙的大学，一所、百所、千所到处都设有分校的“生命大学”。在这里，我们普通老百姓都能够得到老师的专门指点，指点我们懂得“生命”，懂得“死亡”，包括生理的、心灵的，也包括生与死，虽然只是“人活一世，草木一秋”，是一个非常自然的过程，但这种“自然的过程”有层次、有分寸，我们应该知道如何看待它、面对它、小心翼翼地配合它，最后实现我们人人都想要的一个完美结局——善终。

如此说来，“善终”还不是一门学问吗？

“善终”是一门学问，不管你意识到或没有意识到，它都在那里站立，都要我们早一点研究、早一点普及，早一点为我们的“死亡”

未雨绸缪。

谁藏在我们生命的门缝儿后正看着我们如匆匆过客？

愚者？智者？

那个始终站在门后可怜我们、替我们着急的其实就是我们自己。是我们已经萌芽了的感觉正在揭发并反抗着我们过往的愚钝。

那，我们还在等什么呢？！就赶快起来——做点事吧。

我的生命“我”做主！

终于，我要喊出：我的生命“我”做主了！

2017年初秋的一天，我和央视《新闻调查》摄制组来到东戴河。

站在海边，面对如大海一般深不可测的“生命与死亡”的命题，我解释了“遗嘱”与“预嘱”的不同。“遗嘱”和“预嘱”一字之差，区别何在？

如果之前我们做过的节目《你立遗嘱了吗？》涉及的主要是“我的财产我做主”；那么今天我们要来讨论的话题——《生前预嘱》，说的就是“我的生命我做主”。只不过人的生命，真的可以由自己来做主吗？特别是当我们病入膏肓，被医学证明再没有抢救意义的时候，我们是愿意继续被人推进ICU，被切喉、插管，还是愿意放弃“过度抢救”，接受一种叫作“缓和医疗”的特殊照顾，从而有尊严地、平静地自然离去？《生前预嘱》会给您带来另外的一种选择。

这就是后来我们播出的片子——《我的生命谁做主》的电视“导语”。

我敢说我是第一个用电视，用45分钟如此之长的篇幅来介绍《生前预嘱》的人，而在此之前，我连这个概念指的是什么都不懂。

神龟虽寿，犹有竟时。

我们不是一直在说面对死亡，我们要研究它，读懂它，配合它吗？

好了，现在我要向读者介绍一种“准备”。这“准备”不是抽象的、玄妙的，或只在心灵上的；这“准备”是一种具体，具体落实在嘴上、笔头上的行动——签署《生前预嘱》。我们要为死亡选择一个好的“走法”了。

如果没有《生前预嘱》，一旦我们病入膏肓，东北“老护士长”的担心——还记得吗？就是怕被推进ICU，怕被好心的医生“积极地抢救”，谁也保不齐不会落到“那种地步”。

那么，为了解决这个后顾之忧，我们怎么事先准备？《生前预嘱》是个什么东西？怎么签？怎么用这样的方法告诉医生，也告诉家属和子女，我们要或者不要哪样的临终对待？

首先，《生前预嘱》不是来自官方，也不是来自医院，是来自社会、民间。

学术地解释：《生前预嘱》是一份在本人清醒的时候自愿签署的文件，这文件主要由“我的五个愿望”所组成。通过这份文件，签署人可以明确地表达出本人在生命末期，希望使用何种医疗照顾，包括是否愿意使用生命支持系统（如气管切开、人工呼吸机、胃饲管、导尿管、心脏注射、心脏电击等等）以及如何在临终时尽量地保持尊严。

中国最早提出“尊严死”、不做“无谓抢救”的一些人，其中两位是公众人物，我这里不能不提——罗点点与陈小鲁。

罗点点，新中国开国大将罗瑞卿的女儿。

陈小鲁，陈毅元帅的儿子。

这两位共和国的元勋之后，30 年前和朋友在一起就经常谈论起他们的父辈，谈论他们的父辈因为对国家有着特殊的贡献，所以到了他们人生的“最后阶段”，总是会得到国家的高度重视，总是要被充满感情地“积极抢救”。他们的生命仿佛不属于个人，只属于国家。所以国家（也包括人民）就要他们永永远远地活着。可人哪有不死的？关键是怎么死，是按照他人的愿望，还是按照自己的愿望？他人的愿望不管多么善良、多么地充满了敬意，但代价总是要由自己付出的。

2006 年，罗点点与几位医生朋友聚会，聊天中不经意又谈到了死亡，他们就议论：“唉，将来咱们要是自己‘不好了’，可不希望在ICU病房，身边没有一个亲人，赤条条的，浑身上下插满了管子，像一台吞币的机器，每天吞下几千元，‘工业化’地慢慢死去。”

大家都说：“我们要死得漂亮一点儿，不那么难堪！”

于是，一个取名为“临终不插管”的俱乐部就在“玩笑”中成立了。

当时的他们并没有想到，这件事以后会发展成一项继“安乐死”之后，再一次将死亡摆在国人面前的大讨论，引起了全社会的警觉。

2006年2月，罗点点脚踏实地，在北京与一些志同道合者联合召开了“掌握生命归途”的讨论会，第一次认真讨论了通过什么办法，让人们在自己生命的尽头尽量地去保持尊严。会后创建了中国首个倡导“尊严死”的公益网站——选择与尊严（Choices & Dignity）公益网站。

罗、陈们的父辈，在他们最后告别人世的一段日子，很多都并非自己情愿地忍受了身心的巨大痛苦，他们有苦已经说不出，但他们的儿女看在眼里，痛在心上。因此一路倡导“临终不插管”，建立“选择与尊严”公益网站之后，2013年又正式成立了生前预嘱推广协会，2017年，也就是在我要对他们进行一一采访的时候，他们又正在东戴河开会，起草并准备推出《中国缓和医疗（安宁疗护）发展蓝皮书》。

摄制组赶到东戴河，我们要在这里“一网打尽”地采访罗、陈和除了他们以外的其他几位专家、学者。

对于采访，我曾经有所担心。担心往事如烟，事情已经过去了不短的时间了，罗点点作为生前预嘱推广协会的总干事、陈小鲁作为推广协会的会长，他们还会不会像当年一样，说到“尊严死”，依然充满激情，他们的话语是否能够打动观众？

所以，我必须非常小心地准备。

但是，随后发生的事实让我感动。当我们真的面对面地坐了下来以后，我轻轻地碰触了他们的伤疤、他们的痛楚，他们依然情不自禁——

罗点点老师首先告诉我：当初她为什么选择做这件事？一方面是因为她是搞医的，看到了太多的老人临终前的痛苦，同时也正是因为她是搞医的，所以才明白了很多“抢救”，包括很多“积极治疗”，实际上都不能“救命”。那我们的医院、我们的医生如果明明知道不能救命，为啥还要让病人付出？这对他们的死有什么帮助？进了ICU，生命拖上一拖，这是有可能的，但是最后不还是要死？而且死的路上忍受了很多的创伤、痛苦和不堪。这是老人们自己想要的吗？未必！

曾经有一件事，点点过去接受其他媒体采访的时候也都有说，就是她的婆婆。

她的婆婆在生命的最后阶段，就是由点点来“为婆婆做主”，没有进行任何的“有创抢救”，点点说服全家人不要再动切喉、插管，胃饲管、导尿管，心脏注射、心脏电击等“这些家伙了”，就让婆婆安安静静地走。

结果全家人都同意，婆婆也真的就这样安静地走了。但是事后，点点老师还是泛起了嘀咕，一直“心有不安”，为什么？

就是中国的传统习惯，太顽强了。

她怕她的决定日后会落下埋怨。这“埋怨”家里人不说，但并不代表他们心里就都没有“想法”，何况自己只是个儿媳……

幸亏，点点采访时跟我说，幸亏后来家人在整理婆婆的遗物时发现，老太太在生前就有了一段明确的交代，这交代还是文字的，内容是：“关于我的临终治疗，全由点点来做主，不做任何不必要的抢救。”“幸亏婆婆当年写下了这些文字，如果没有这些文字，或婆婆虽然留下了文字，但内容却与我做的正好相反，那这一生我可就要负疚了。”

看来，我们要提倡对生命有所敬畏，对死亡有所准备，但是“真到时候了”，究竟应该怎么做？能够怎么做？并不轻松。

之后，我又采访了陈小鲁。

陈小鲁作为陈毅元帅的小儿子，人高高大大的，脸和元帅酷似。

据说因为他出生前已经有了两个哥哥，妈妈生下他来一看又是个男孩，就裹巴裹巴包起来，放到了房门外，意思是“谁想要就让谁抱走吧”。

哈哈，真的?

真的!

陈小鲁的名字之所以叫“小鲁”，那是因为陈毅元帅1946年7月正做着山东野战军的司令员，一方面想起关于孔子有一句“登东山而小鲁”；另一方面也是正怀着要和国民党作战，全取山东（鲁）的一片雄心。

“文化大革命”初期，陈小鲁被周恩来总理安排到沈阳军区所属的一个部队农场去劳动锻炼。临行前最后在中南海见到了父亲，父亲说：“我在文化革命中犯了错误，可我不反党，不反毛主席。我的问题就看中央了。不论打倒或不打倒，你都要准备永远不能再回这个家，永远见不到我们了。”

这话，今天听了人都要落泪。当初，虽是生离，但对小鲁，也犹如诀别。

我见到陈小鲁，不，还是让我管他叫陈会长吧。我见到陈会长的时候，他穿着一身最老百姓的衣服，衬衫、裤子，说着最老百姓的话和道理，让我和我的摄制组所有成员都感到“他一点架子都没有”，而且“有头脑”“敢说话”。

陈会长告诉我：当初他是亲眼看着父亲“浑身插满了管子，最后心跳都没有了，医生就用电击——人是从床上给弹起来，咣当一下又摔下去，弹起来，又摔下去”。

啊?

是的。就是。

当时他跟医生讲："能不能不要再这样'抢救'我父亲了？"

医生说："不抢救？你说了算吗？我们敢吗？"

"你说了算吗？我们敢吗？"这句话太有代表性了，透着敬仰与残酷的悖论。

我问："那当时您是怎么看到父亲是这样被医生进行着抢救，您在哪里看到的？"

会长说："我是偷着（从）门缝儿看的。"

他这样说，很平常，眉头不展，看来不是说了一次、两次。

我问："那他，元帅，陈毅元帅，他老人家本人呢，自己有没有交代，想不想……"我试探着，想问问元帅自己的愿望。

陈会长并不觉得我的提问有什么不对，不应该，相反很平常地接过话来说："谁知道呢，但是我们（做儿女的）在一边看着，受不了……"

我知道，我当然知道。

我父亲临终前抢救就是用电击，那电极就像两个大熊掌，啪地抓住父亲的前胸，然后摔下去，"抓"起来，又摔到床上，那一幕也正好被我看到……

正是因为有着亲身的经历，点点和陈会长都已是七旬老人了（那时我还万万想不到次年的2月28日，陈会长竟会因为"急性大面积心肌梗死”，在海南三亚301医院突然辞世），但为了推广《生前预嘱》，他们还是殚精竭虑、不眠不休。

尽管，陈毅元帅的死，是1972年，距离我采访陈会长的2017年，已经过去了45年，但陈会长说到《生前预嘱》的必要，说到我们的生命应该由我们自己“来做主”的时候，心情还是那样的迫切，语重心长，满腹真诚。

陈毅元帅，我们的老元帅啊，他不仅仅是中华人民共和国的“十大元帅”之一，党和国家的卓越领导人，无产阶级革命家、政治家、军事家、外交家，同时，他还是一位胸襟辽阔的诗人。很多诗作脍炙人口，比如《冬夜杂咏》首篇的《青松》，就朴实上口，让人过目难忘——“大雪压青松，青松挺且直。要知松高洁，待到雪化时”。

这样的诗人，我想，应该是更有情怀、更有个性，对生命更有自己的主见的吧？

所以我敢展开猜测：陈毅元帅如果知道自己革命了一生，最后“临终”的时候曾经那样地“被重视”“被抢救”，他会做何感想？是不是不愿意浪费有限的医疗资源，同时也不愿意让自己负上种种的“不堪”？答案是一定的。

因为陈小鲁会长长得太像陈毅元帅了，因此当我最终还是明确地问出口：“如果您父亲要是知道，一定不想抢救，一定想安静地离去，对不对？”陈会长马上说：“那是当然，一定会是那样的……”

仿佛父亲自己在说……

《生前预嘱》from《Living Will》

是应该好好地研究一下《生前预嘱》了——

这是一份文件，一份保障人可以在临终的时候，甚至死亡发生的时候尽量保持尊严、尽量能够平静地离去的文件。这文件、这声明都包括哪些内容，从哪里来的呢?

如果详细地讲，《生前预嘱》可以开一堂课；但如果简单地说，《生前预嘱》其实就主要包括《我的五个愿望》。

这《我的五个愿望》就是事前打印好了的一个小册子。内容包括:

一、我要或不要什么（什么样的）医疗服务

二、我希望使用或不使用（什么样的）生命支持治疗

三、我希望别人怎样对待我

四、我想让我的家人和朋友知道什么

五、我希望谁来帮助我

这“五个愿望”很现实、很具体。而每一个“愿望”又分出若干条具体的“心愿”，比如第一个愿望“我要或不要什么（什么样的）医疗服务”，就又被细化到了 9 个选项：

1. 我不要疼痛。希望医生按照世界卫生组织的有关指引给我足够的药物解除或减轻我的疼痛，即使这会影响我的神志，让我处在蒙眬或睡眠状态。

2. 我不要任何形式的痛苦，如呕吐、痉挛、抽搐、谵妄、恐惧或者有幻觉，等等，希望医生和护士尽力帮助我保持舒适。

3. 我不要任何增加痛苦的治疗和检查，如放疗、化疗、手术探查等，即使医生和护士认为这可能对明确诊断和改善状态有好处。

4. 我希望在被治疗和护理时个人隐私得到充分保护。

5. 我希望所有的时间里身体保持洁净无气味。

6. 我希望定期给我剪指甲、理发、剃须和刷牙。

7. 我希望我的床保持干爽洁净。如果它被污染了，请尽可能快速更换。

8. 我希望给我的食物和饮水总是干净和温暖的。

9. 我希望在有人需要和法律允许的情况下捐赠我的有用器官和组织。

这 9 条，细化的还只是第一个“愿望”，余下的四个“愿望”也都有内容不同的很多小选项，签署人都要在每一项里打钩，打了钩就表示同意。

当然，如果这些具体的想法还不能充分表达填表人的心意，他还可以在表中空白的地方用文字进行补充或进一步的说明。

记得在采访罗点点和陈小鲁会长之前，我在“做功课”的时候，就已经了解到了《生前预嘱》所包括的这《五个愿望》最早是由美国的一位神父律师，基姆·托维（Jim Towey）设计的。

20 世纪 80 年代，基姆来到世界著名慈善工作者特蕾莎修女创办的华盛顿特区“艾滋病之家”做全职志愿者。他在这里见到了太多的人面临死亡，惊慌失措，又没有尊严，在痛苦与难堪中苦苦地挣扎，遂想到要设计出一份由《五个愿望》组成的《生前预嘱》（英文《Living Will》），给病人面对死亡时一个选择、一个解脱。

之后过了一些年，《生前预嘱》被介绍到中国，经过汉化，也就是我们中国专家小心翼翼地翻译与研究，几年前才把它变成了符合中国老百姓习俗表达的文本样式。这期间，为了强调“我的生命我做主”，生前预嘱推广协会的工作人员还在“五个愿望”之前又加上了一个前缀——“我的”，如此这般更体现个性，更强调“填表人”自己的重要性——这样就有了我们今天能够很容易看到的中文文本——《我的五个愿望》。

当然，《我的五个愿望》说是“很容易看到”，但是它在哪里放着？人们可以拿到吗？采访中发现，它不来自官方，没有传单，不适合漫天大张旗鼓地宣传；它只来自社会，来自医院，一些公益的慈善场合。

《我的五个愿望》，也就是《生前预嘱》，一经签署可不可以修改？答案是“当然可以”。它的作用除了让人们能够对自己生命尽头的“医疗方案”有所交代，对死亡有另外的一种选择外，同时还可以大大地节约医疗资源，缓解医患之间本不该存在的种种矛盾。

2017 年夏，《生前预嘱》摄制组两次来到位于北京东直门外交公寓的生前预嘱推广协会，秘书长袁晨超先生点着 PPT 很郑重地对我和编导介绍：《生前预嘱》需要严格遵守的原则就是“尊重本人的意愿”，这是重中之重！

“尊重本人意愿？”

“对，自愿是起步、是原则。”

“那，”我问，“本人要是愿意选择‘我就是要积极地被抢救’呢”？

秘书长说：“那当然也是填表人的权利，只不过这样选的人，并不多。”

据有关统计显示，抛开意外和心脑血管疾病，癌症在今天，不仅在中国高发，在全球，发病率也都在持续提升，而且越来越专横地标榜着“黄泉路上无老少”。

《生前预嘱》的出现，在帮助患者“对症治疗”和“心理安慰”两方面，尤其对癌症晚期病人是及时雨，是一个巨大的利好。

在生前预嘱推广协会，我看到他们的标志是一片七彩树叶，就问：

“‘七彩叶’？这什么意思？”

秘书长说：“我们就是想告诉人们：每一棵‘生命之树’都是独特的，树上的叶子也都是美丽的，不管它是什么颜色。人们对生命、对死亡，尽管理解不同，但通过《生前预嘱》这个尊重个人意愿的选择，你都能够设想；生命的树叶自然飘落，这正是我们所追求的；生如夏花般灿烂，死若秋叶般静美……”

记得那天我听到印度诗人泰戈尔《飞鸟集》中的这句著名诗句，又听到我们中国人用它来比喻生与死自然应有的价值，第一次感到生命原来是值得我们如此的另眼相看，同时，在《生前预嘱》的仁爱与客观的作用面前，死亡原来也可以充满如此的温暖。它消弭着冰冷、消弭着恐惧，告诉你所有的事情只要“有所准备”，到时候就不会“手忙脚乱”……

那天离开生前预嘱推广协会，回家的路上，我轻声地对自己说：“咱这算是上了第一堂的死亡大课了吧？”

听到自己的心在回答：是啊！第一次上课，正儿八经地。

我像是看见了一所学校，我已经走进了这所学校。

这里面真是天地不同，风光不同，很多景色都让我惊讶：意想不到，我还真是有很多事情都“意想不到”呢……

井底之蛙我又跳出了井外！

签了《生前预嘱》，是不是我们就看到了一个前所未有的归宿？

是的，很多人都这样说。

它很温暖、很具体。

虽说它只是一个文本、一份声明，但却推倒了过去人们对死亡的传统认识，推倒了“死亡世界”里那一大片“冰冷的黑暗”。

但是，签了《生前预嘱》，是不是就等于“等死”？

一只飞镖唰地飞来，几乎擦到了我的眼睫毛。

想想可不是嘛！

作为记者，我有一份敏感，有一份理性，但更不能缺少了一份悲天悯人。如果《生前预嘱》一旦签了，就等于“等死”，那当然不行。

《生前预嘱》是个好东西。但人命关天，过去在中国和世界，医生与病人之间，只要有百分之一的希望就要尽百分之百的努力，这是医德的基本底线，是几千年来人类文明所筑起来的拦洪大坝。不可摧毁，不可以倒塌。所以，很多问题、很多空白，如果不把话说在前面，《生前预嘱》的推广，该麻烦的还是要有麻烦。

不是一位专家，是同时好几位，我开始问，他们也都开始给我答疑：

《生前预嘱》签了，并不意味着签署人一旦病了，人就是只有“等死”，它有一套自己的理论、一套原则，同时还有一位医疗照顾上的“好搭档”，或者说“好助手”，这是什么？就是“缓和医疗”。

“缓和医疗”保障着濒死之人不想被切喉、插管，但到了生命的末期也会得到医疗与帮助。

这是一种方式、一个路径，也是一种保驾护航的手段。

哦，听到这，我的心才放下来。

有了“缓和医疗”，《生前预嘱》就变得“可操作”。

同样的道理，没有《生前预嘱》，就没有“缓和医疗”；没有“缓和医疗”，《生前预嘱》也实现不了。

那，“缓和医疗”都包括哪些内容？遵从什么原则？到底怎样开展关照？又如何能使临终的患者受益呢？

首先，我们来看世卫组织对缓和医疗（Palliative Care）提出的三个基本原则：

第一，重视生命并承认死亡是一种正常的过程；

第二，既不加速死亡，也不延后死亡；

第三，提供解除病人的临终痛苦和不适的办法。

就这三条原则，组成着一个体系，对病人提供着一个港湾，风大浪急的海面上，病人可以躲开危险，躲开暴力。

这三条原则用通俗的语言来解释，重点在于：“缓和医疗”是既不让末期病人等死，会好好地照顾他们的身体和精神，又不建议他们在追求“治愈”和“好转”的虚假希望中苦苦挣扎。

罗点点在形容她刚看到“缓和医疗”的这种提法和办法的时候，简直像“井底之蛙忽然我又跳出了井外”！

采访的时候，我曾经就这个细节专门问过点点——“真的是这样吗？”

罗点点老师说是啊，当初有了《生前预嘱》，我就高兴得不得了，心想这下对那些不想进ICU，不想被“有创抢救”，只想要“尊严死”的病人来说真是一个福音。但是《生前预嘱》好是好，冷静下来想，光有这份文件，人到了病重或病危的时候，医生总不能把病人“晾”在一边不管不顾、没有作为吧？这不符合医德，换句话说：医生总要做点什么，比如让病人不疼、不喘、不难受，这该怎么办呢？

诶，有一天我从报道上看到国外诞生了一种方法，叫“缓和医疗”，能够帮助病人，帮助他们自然、平静地走好人生的最后一段，我在心里才大叫一声“好”！当时的感觉就像“井底之蛙忽然我又跳出了井外”——

哈哈！

中国有句老话，是孔子说的：“不知生，焉知死？”

现代中国人已经从反面来思考这个问题了，那就是：“不知死，焉知生？”

一个人，只有能够理性地看待生命，才能谈到愿意“有尊严”地死；而真正想通了愿意“有尊严”地死，就知道“生”的时候，哪怕是“生”的最后一段、最后一小截路自己应该怎样走。想通了，天地变得一片敞亮！更科学、更合理。

我们不是经常说“精彩人生”吗？何为“精彩”？如何实现“精彩”？

这个问题不是一个新鲜的话题，但当我开始踏上探寻“生死”之途时，我却发现一种答案很新鲜、很实用，也很接地气，那就是：

生得好，活得长，病得晚，死得快。

第一次看到这四句话，我是在罗点点的《我的死亡谁做主》这本书的封面下方，这12个字虽然没有书名大，但因为是“红色”的，在白绿相间的封面上格外显眼。

后来我查到了最早说出这句话的那个人——北京中医药大学原副校长、妇科主任医师牛建昭教授。

人从内心不再惧怕死亡了，我们要感谢医学开辟了“缓和医疗”

这一条路。

这条路是新路，但中国历史上原来就有“姑息治疗”，道理是一样的，只是今天“缓和医疗”可以借助现代化的科学手段，那效果就不可同日而语！

还记得东北的老护士长吗？我又要提到她了。

老护士长在自己“病入膏肓”，不得不面对生命“最后一段”日子的时候，来到了北京，她来北京不是为了“治病”，是来北京找“好死”的。老护士长的儿子有一天听说了北京有很少几家可以提供“缓和医疗”的医院，比如北京海淀医院——这家医院就可以为病人提供“缓和医疗”，在这里，晚期肿瘤患者不必切喉，不必电击，不必体无完肤地最后被人推向太平间，这里有6间正在试点的“安宁疗护”病房。老护士长就是因为知道了有这么一个好地方，她才马上让儿子联系，就来了。

当然，即便是“缓和医疗”，北京的医院也不是没有医生、没有护士，相反，老护士长在北京海淀医院，可以得到最好的照顾，医生、护士，还有很多的志愿者，都可以让她不喘、不疼，最大限度地减轻她身体和心灵的临终痛苦。

需要再重申一遍，“缓和医疗”是对病人进行以“减轻痛苦”为目的，而不是以“治好病”为目的的治疗，因此同样是治疗，这里的新理念与“传统”的旧理念就完全不同，让生命的归途选择的是一个完全不同的方向。

追踪一下“缓和医疗”的历史，我看到有这样的记载：

1967年，英国的桑德斯女士在伦敦建立了一家名为圣克里斯多弗的护理院（St. Christopher's Hospice），这被认为是全球第一家“缓和医疗”机构。这家护理院从一开张就广受好评，至今仍享有盛誉。

1976年8月，美国加州通过了《自然死亡法案》（*Natural Death Act*），针对病人、针对医生规定，在病人临终的那一段日子里，法律“允许医生不使用生命支持系统来延长不可治愈患者的临终过程”。

这部法案一出台，很多患者为之兴奋，也为医院和社区推广“缓和医疗”加快了进程。

美国加州的“新法”看似明确且来得利落，但是围绕“自然死”，其实美国也经历了很长时间的蹉跎和思考。2005年，美国有一起诉讼引起世界报道，媒体对这一事件的关注甚至更早，早在1990年。

这是怎么回事？

1990年，美国有一个名叫泰利·斯基亚沃的女人因医疗事故陷入了“植物人状态”。

据美联社报道，泰利成为了“植物人”以后，虽然还能“自主呼吸”，但不能进食，生命只能靠“进食管”来维持。

她的丈夫兼监护人迈克尔·斯基亚沃在1998年向法院申请拔

除掉妻子的进食管，因为他看着她“实在太难受了”。这“申请”招致了泰利父母的坚决反对，于是一场“马拉松式”的法律诉讼由此开始。

随着官司的起伏跌宕，泰利的进食管曾两度被拔除，随后又都被恢复。

直到2005年2月18日，泰利第三次被拔除“进食管”，泰利的父母当然又接着上诉。但此事最后由美国总统（当时是小布什）签署了国会通过的法案，要求联邦法院重审此案——随后，联邦法院再审，最终拒绝了泰利父母的诉请。

2月28日，位于亚特兰大的美国第十一巡回上诉法庭做出裁决：拒绝重新为泰利插上维持生命的“进食管”——此后不久，“泰利也在由她引发的巨大争论中死去”。

人类，自从有了对自身生命的审视，生与死，哪些思考来得更正确、更到位？

“缓和医疗”不是“安乐死”

近些年，世界卫生组织（WHO）已经提出：“缓和医疗是人类健康权的一部分”，同时提供数据：全球现在每年约有4000万人需要接受“缓和医疗”，其中78%的人生活在低收入和中等收入的国家当中。

“缓和医疗”不是不用药、不治疗，而是相对于ICU的抢救，更多的是在想办法缓解病人生理和心理上的疼痛与痛楚，直至自然地帮助他们走到生命的终点。

那“缓和医疗”是不是“安乐死”？

“缓和医疗”不是“安乐死”。它不允许人为地终止一个人的生命；它要做的只是不像传统的“抢救”那样，不管病人愿意不愿意，都要人为地用机械和药物把他活活地“拽住”。

2017年3月，中国，北京。

北京海淀医院（北医三院海淀院区）肿瘤科病区开设了一个“安

宁疗护”病房，就是东北“老护士长”有幸入住的那间病房。开始的时候只有一间，后来发展到6间。

虽然只有6间，但这是一个信号，时代的信号，医学的信号，人类进步的信号。

作为全市15家试点“缓和医疗”的被选医院之一，北京海淀医院有一位学科牵头人，这个人是一个女人，肿瘤科的主任秦苑。为了开设这种病房，秦苑一度费了不少的脑筋。

有一天，她怀里抱着一大摞材料找到院长张福春，想要说服张院长在医院建立几间“安宁疗护”病房。她打算苦苦哀求领导，因为开设这样的病房不容易，不挣钱，也不少费力气，但结果，却大大地出乎了她的预料！

如果有谁看过央视在2017年11月11日晚上播出的我们的《新闻调查——我的生命谁做主》，如果有人留意到当初我是怎样采访秦苑的，就可能还有一些印象——那秦苑，坐在我面前，是个不高不胖，不急不火，内心很温婉，又有一种强烈急迫感的中年女医生。她早年毕业于华西医科大学，1999年获血液肿瘤专业硕士学位，擅长血液病的诊治以及实体肿瘤的治疗。

有媒体介绍她：“45岁前，秦苑的生活里填满了各种各样恶性肿瘤的病历，她闷着头拼命去救人，却跑不过死神。最终，病例变成了一张又一张的死亡通知单”。

所以她很想改变！

秦苑要改什么？路在哪里？

2012年，秦苑在“北京癌症康复与姑息治疗委员会”的组织下有机会去台湾慈济医院进行了参观，学习了“安宁疗护”，从此，她知道了“缓和医疗”，知道了人在临终的最后时刻，还有一种值得推荐的选择，那就是不与命运抗争，只与疾病同行，科学地、现实地对待自己的生死。

从此，她的职业追求找到了改变的方向——

为了说服张院长，秦苑还想到了一个最有说服力的“故事”，她要讲给院长听，那就是巴金先生。

1999年，巴金这位中国文学界的泰斗、中国文学界的旗帜，病重入院，一番抢救之后命虽然是保住了，但从此鼻子里插上了胃管，护理人员一天6次把食物“打”入他的胃中。

两个月，胃管就得换一次。

每次换管子巴金先生都会被呛得满脸通红。

长期插管，嘴合不拢，巴金先生的下巴开始脱臼了，医生只好把气管切开，用呼吸机帮助他维持呼吸……

面对这种生不如死的治疗，巴金先生很想放弃，但是他有没有选择的权利呢？没有。家属和领导都不同意。

“每一个爱他的人都希望他永远、永远地能活下去！”哪怕是昏迷、哪怕是靠呼吸机。只要他还有一口气，只要机器上还显示着“先生还有心跳”，那就好，那就是胜利！

岂不知，这样的“胜利”对巴金意味着什么？

就这样，巴金先生在病床上整整煎熬了6年。

有时清醒了，他会说：“这种长寿是对我的折磨。”

…………

“缓和医疗”和“安宁疗护”二者是什么关系？秦苑也准备了要对院长做出解释：

简单说：“缓和医疗”和“安宁疗护”不完全一样，“缓和医疗”的概念更大，关照病人的时段更长；而“安宁疗护”（也就是我们通常说的“临终关怀”），基本上就是指病人被医学证明已经不治、生命只剩下大约6个月的时间，医护人员要对他们进行的照顾，比如像“老护士长”那样已经进入癌症晚期的病人。

…………

就这样，秦苑准备了很多，很多的故事、很多的“炮弹”，但尽管如此，她依然没有把握，因为“缓和医疗”不挣钱，不仅不挣钱，大多数情况下还会赔钱。

但是结果，为什么我要说结果“却大大出乎了她的预料”呢？

秦苑一肚子的理由，一肚子从台湾学回来的经验，一个个像巴金一样有说服力的“实例”，事实上一条也没有来得及往外端呢，张福春院长就“二话没说”，“一口答应”：好，咱建！

哇？就这么容易！这么痛快！这是真的吗？

不需要反复晓以利害？不需要展开强大的人道主义攻势？

张院长，这位院长大人，他就答应得这么坚定而明确，毫不犹豫！

2017年3月6日，北京海淀医院“安宁疗护病房”正式开始接诊，收治那些愿意放弃临终抢救，却想“有尊严、有质量地离去”的患者。

秦苑在病房，既做住院医生，也出门诊，向患者和家属介绍《生前预嘱》，介绍“缓和医疗”。她知道，在这件事上，谁也不能强迫谁，生死的话题，比天大、比地大，必须要由患者自己来拿主意。只不过她不开口，她的病人，包括家属，有一个算一个都不知道如今的医院服务，还有一条叫“缓和医疗”的路可以为患者提供，可以为患者减少不必要的痛苦，真正能想到患者的心里头去。

半年以后（因为“试点”规定只有半年），张院长接受了我的采访。

我上来先慢慢地问：“张院长，我很想知道当初您为什么一点都没有犹豫地就接受了秦苑主任的建议，在你们肿瘤科开设起了‘安宁疗护病房’？”

这位心内科专家出身的业务型院长，声不大语不惊地对我说：“没有什么可犹豫的——谁都会老，老了的人一般都不怎么担心死，倒是担心要怎么死得无痛，也要有内心的平静。”

啊！说得真好！院长能这么想，太让人感动！会给多少人带来福音？

不过我还要问：“可‘缓和医疗’目的不再是使病人能够被治愈，这样你们就不会再使用很贵的机器和药物，那您不担心医院会因此赚不到钱而影响了整体的经济效益吗？”

张院长快速打断我，他说这一点“他知道”，他当然知道。

他知道“缓和医疗”挣不到钱，“但这件事我们医院不能不做”。

听院长这样回答，我心里真是高兴。

“那现在，‘安宁疗护’的‘试点’，半年的时间马上就要到了，你们还要不要继续往下办？”

我的话，有点挑战。

院长笃定地告诉我：“办，我们当然要接着往下办！”

张院长最后的表示斩钉截铁，看起来早已深思熟虑。而我的这一问，说老实话，不仅仅是为我们的节目，不仅仅是替患者，同时也是在替秦苑发问。

“办，我们当然要接着往下办！”听到院长这么说，我偷眼瞟了一下坐在会议室侧面（我的采访是在海淀医院12楼的会议中心）一直竖着耳朵在听我和院长对话的秦苑主任，那一刻，她脸上露出笑，放心的笑……

对于一个医生，这种笑，太金贵，我可是见得太少了。

可不可以先让我“不疼”？

有了《生前预嘱》，也有了为其保驾护航的“缓和医疗”，我知道面对死亡我们不仅多了一种选择，少了一种恐惧，而且还多了一种与“恐惧”和谈的机会。

过去，我从来都认为“死亡”是自己的敌人，是“异己”，是“靶子”，要和它斗！但现在，我终于明白了“死亡”是生命的一部分，我们从一出生，生命就与死亡相连。因此尊重死亡、顺应死亡，就是尊重和顺应我们的生命。

只是，有一样东西，不好对付。

什么？疼痛。

没有一个人在死前会不疼、不喘、不难受，我把这些统统都形容为“疼”。

一旦“疼”了该怎么办？我们有没有权利让自己“不疼”？

人一旦生了病就得到医院去看医生。在医院里，检查之痛、治疗之痛，这都属于无奈，我们都得忍着，但疾病本身自己的疼，比如癌症、炎症、外伤，医生能不能帮我们缓解、控制？我们能不能要求医生首先帮我们缓解、控制？

我永远都忘不了东北77岁的“老护士长”所说的那份“煎熬”——晚期肺癌，疼痛、无眠、恶心、呕吐，更难受的是憋喘，那憋气难受得“就像落水，快要淹死的人，最后挣扎的那一刻”，什么滋味？！

“老护士长”到了北京海淀医院，住进了“安宁疗护”病房。当天夜里，她说她竟然睡了一个天大的好觉：“我都不知道我是怎么睡的，一辈子都没睡过这样的好觉，特别好！”

其实，她入院之前，人就已经不能平躺，每天夜里斜靠在床头，睡不了，盼天明，已经不知道挨过了多少痛苦的黑夜。而入院时，平躺的问题也没有完全解决，只是来了北京，住进了“安宁疗护”病房，又听医生说起“缓和医疗”，一条光明大道，她放心了，“啥也不怕了”，竟然睡了一个天大的好觉。

2017年夏，为了制作《生前预嘱》，我们中央电视台的摄制组前后走进了海淀医院、陆军总医院、宣武医院、北京301医院等多家医院，采访了很多晚期的癌症病人，也走近了很多目前正在积极推广“缓和医疗”的大夫和专家——病人都告诉我：“到了我这病的这个份上，其实我并不怕死，就是怕疼，可别让我疼！”这样的说法——“不怕死，只怕疼”不只是一位患者跟我说，大家都被疾病折磨到最后，都愿意把求生的欲望拿出来，让位给了“别疼，只要不让我疼”的肉体呼唤。

我不是医生，但我很想提问：对病人的这种诉求，我们的医生恐怕不是听了一个、两个，恐怕是听了一辈子了吧？但这个问题我们重视了吗？给予了足够的重视了吗？

病人有没有要求“不疼”的权利？

过去，我也是从来都没有想到过这个问题，现在我觉得我可以想，为自己，也为了天下所有的患者，特别是那些濒死之人。

通常，我们正常人得了病，不管男女，谁喊疼都会让人讨厌，遭人白眼，仿佛止痛的要求是奢侈的，是“胆怯”和“没出息”的。

没有哪个医生在我们一入院或一住进医院就明确地告诉过我们：“别忍着，只要疼，只要感到不舒服了，你就赶快告诉我们，我们会给你止痛。”

没有。

这样做不都是医生的错，不是他们狠心、麻木、不负责任——疼痛喊了没有用，“过多的止痛药对自己也不好”，所以就别喊！这是长期以来的“社会通识”。

话说到此，我想起我当小兵的时候。

1977 年，我在部队文工团因为练功把右腿摔坏了——右膝半月板粉碎性骨折，做了手术（半月板切除）。一条腿被一条长长的像船桨一样的大石膏板从大腿根到脚后跟死死固定了51天。51天后，医生来到了我的床边，周围还围了好几位看来是他带的实习生。

医生取了石膏板、平端着我的腿，180°，我还高兴得屁颠屁颠的呢，因为拆了石膏，腿就好了，就可以出院，就可以回到文工团又欢蹦乱跳地参加演出了。

但是，轻松中，灾难来了。

只看医生平端着我的腿，突然“咔嚓”一下就从180°掰到了90°，天哪！这种疗法是什么？哪来的怪招？但这种疗法后来我听说还是正确的，怕我粘连，怕肌肉、韧带慢慢活动会拉不开，总之这种治疗理论上是“没错的”。但是，我的医生，一位“蒙古大夫”啊，他的“恶治”，或者说他没有把正确的事情办好，“咔嚓”一声，我嗷嗷地大叫不止，“实习生们”个个惊得目瞪口呆，大家都没想到——二次骨折，医生的做法使我“二次骨折”。于是我又打上了石膏板，小船一样的石膏板，右腿又来了一个51天的固定。每天医生来抽血，从关节腔里用9号针头往外抽黑血（淤血是黑的），我那个罪受的，二茬，人为的，医疗事故造成的。

一个小女兵，远离父母，远离北京。

事发后我只有哭，拼命地哭，委屈地哭，疼得要命的哭。

后来领导来了，文工团的一位姐姐把我的“遭遇”报告给了团政委。

团政委多好啊。一般来说，在部队，团长、师长都是“严父”，政委嘛就都是“慈母”。

我心里期待着政委，呼唤着“妈妈”。

不过，我的“慈母”走近了我的床边，看到我哭，不像“家里人”一样地心疼，更没有一句安慰的话。相反黑着脸（他本来脸就极黑），批评我，说：“你，啊，为什么不配合医生？还这么不坚强？还哭？！”

我愣了一下。

“啊，过去我们在朝鲜战场，从身体里往外取弹片，从来就没有麻药，战士们就是那样忍着、配合着医生做手术，那不比你疼？你为什么就不能忍？！”

嘿？！

政委的脸黑得，到现在想起来都像半夜关了灯。

我恨，恨不能骂他一声：“混蛋，你给我滚！”

但我那时哪里敢啊，我根本就不敢骂，甚至他批评了我，我都不敢哭。

因为政委不是坏人，他这样“批评”我也不是因为恨我，就是恨，也是有点“恨铁不成钢”。

这位政委在朝鲜，他就是那样不打麻药地就地“取弹片”的，这是真的。

后来这位政委因癌症不幸去世，我还挺心痛。因为他对事不对人。他自己也是严格要求自己。有什么痛，他是不会轻易告诉医生的，多半的情况下都是“自己忍着的”。

但是，“自己忍着”对吗?

我们的时代进步了，医学进步了。

我听说过去医生之所以看着病人疼痛也不理、也装作没看见，那是医生没办法，是因为止疼的药或针剂，都是有副作用的，人吃了、用了，会上瘾，而且像杜冷丁、吗啡一类的药物都是被管制的，医生也开不出来，或者不是想开多少就能开出多少来的。

那现在呢?

到我采访的2017年夏天，我听到了一个意外的好消息，是医生告诉我的，不止一个医生，从很多医生的嘴里“我都得到了证实”。什么?

部分止疼药合理使用不会导致病人上瘾。

国内外的医学实践也都已经证明：合理地使用“吗啡”等阿片类药物（就是鸦片类药物），对缓解患者疼痛、呼吸困难、焦虑、抑郁等症状都有很好的疗效。

对很多接受“缓和医疗”的病人来说，死亡的终点不可改变，但疼痛的过程可以改变。通过止痛药物的合理使用，医生可以帮助我们对抗那个站在死亡路上不断冲着我们幸灾乐祸地狞笑的“疼痛”的小鬼儿！以往医生常常会因为担心患者上瘾而过分控制止痛药的使用，但随着人们对止痛药的深入了解和对临终前生命质量要求的提高，这种状况正在改变——关键在于止痛药的规范使用。

事实上，早在2000年，“世界疼痛大会”就将疼痛列为继呼吸、体温、脉搏和血压之后的第五大生命体征。

疼痛是不丢人的。它只是人们患病了的一个体征。

世界早在2000年就有了“疼痛大会”。这些消息真是太有“颠覆性”，太让人理直气壮了！

有了这样的认识，今后（其实早就该如此啊）哪个人一旦说出“我怕疼”，就被认为是“娇气”，就被看成是懦弱，就显得不够勇敢，这样的嘲笑乃至鄙视的眼光都大大过时了。

我们可以喊疼，完全可以说出来！

事实证明：人在忍受疼痛的那一刻，所有的“心灵鸡汤”都帮不上忙，换下它来应该上场的倒是我们医学的止痛措施和医护人员愿意为患者献出的真切的技术与爱心……

“吗啡”可以帮助你不疼，“缓和医疗”可以借助很多的医学手段帮助你不疼、不喘、不那么难受，这个信息，太重要、太实惠了，重要和实惠到几乎可以超过2017年我在采访整期《新闻调查》节目时全部的知识所得。

止痛，胜过一百碗“心灵鸡汤”

人生了病，哪怕是到了癌症晚期，真的可以不疼？至少有办法对付了！

“只要不疼，其他的还不都好说？”几乎所有癌症晚期患者都这样说。这句话多实在、多家常。

可不是吗？人到了生命的最后关头，所有虚情假意都一钱不值，患者就希望医生给他们一些实在的，有直接用处的帮助。其中，“止痛”就是一种。最重要的一种！

在解放军总医院，也就是我们习惯所说的“北京 301”，南区肿瘤科，有一天我采访了管着数不完病人的副主任李小梅女士。

李小梅 40 多岁，精干利落的，很瘦，本来很漂亮的一张脸，因为劳累，常年得不到充分的休息，我见到她时显黄、显得疲惫，让人心疼。我知道她，采访之前曾做了功课，这个人看上去苗苗条条，不算强势，但她的身份、学术地位——不仅是中国抗癌协会的理事、北京肿瘤姑息治疗协会的主任委员、中国老年病学学会肿瘤专业委员会的副会长，同时还是《中国癌症疼痛诊疗规范》等很多专著的主要撰稿人，对肿瘤医学的研究，特别是对倡导“缓和医疗”，“年纪轻轻的”她就已经在中国很有贡献和影响。

那天中午的时候，我在301医院小梅的办公室里先被科里的护士们安排“休息一下”，说“等等主任”。在医院，尤其是301这样的全国知名的医院，医生们总是很忙。说话办事，一路小跑，不能按时吃饭，不能及时如厕，总要加班加点，这是“常态”。

我和小梅谈了很长时间，一般的采访一个多小时、两个小时，那天，我们谈了三个小时，要谈的事情还没有谈完。

我问：“面对死亡最现实的恐惧——疼痛，我们是不是应该有新的理解与认识了？”

小梅主任说：“是的。传统的观念有些来得不科学。疼痛有时不仅仅是症状，也是疾病的一种反映；所以病人只要疼就要和医生讲。此外，面对疼痛，特别是面对那些晚期的癌症患者，我们不应该再沿用过去的眼光，用固有的意志、品格等等道德标杆去衡量了。”

后来，为了让事实说话，她还给我介绍了一个人，一个患者家属、将军夫人。这位夫人经小梅说服表示愿意跟我们摄制组好好谈谈。

我说：“是吗？那太好了。我们就想听故事。”因为故事难找，人难找。

于是我们见了将军夫人。

夫人的丈夫，一位63岁的将军。

这位将军，用最简单的话形容是一位顶天立地的男子汉。2014年查出胃癌，以前身体一直棒棒的，连一天的医院都没有住过。但是“赶上了”这可怕的病，那人受的打击……

我们的采访直截了当。

夫人说：“对于疼痛，开始将军还忍着，还全力配合着医生的各种检查和治疗，为了单位、为了家庭，也为了他自己能多活几年（还有很多对国家非常重要的工作要做）。”

但慢慢地，将军先是出现了“肠梗阻”，吃不下饭，他只有接受“插胃管”，那胃管从鼻腔插进去，一插就是一年多。嗓子说不出来话，声带麻痹，根本不振动了。

到最后胃癌四期了（晚期），癌细胞已经转移到其他脏器。双侧肾上腺、淋巴也都有了。夫人告诉我：“有一天我跟他开玩笑，说：‘你看你现在的这个样子，吃也不行，喝也不行，坐也不行，站也不行，铁打的一个人，难不成……’”

将军马上接了夫人一句：“是啊，实际上我很痛苦，很疼。过去我不说，觉得没出息。但是现在，我真的是有点受不了了……”

采访时说到这儿，夫人的眼泪就像断了线的珠子。

“这不像将军，一点也不像我的丈夫！”

编导在一旁让摄像师递过一沓纸巾，我递给她，她擦着眼泪，但擦不住啊，那眼泪不停地往外冒，根本就擦不干、堵不住。

将军说他的忍耐力已经到了极限，对“尊严”的理解也有了新的想法。他不想再继续这样耗下去。如果耗能够好，他就忍着，但是他知道，他的病，到了这一步是“好不了了”，所以现在，他只求不疼，不再难受……

采访没有中断，但实际上好一会儿，我们是进行不下去的。

我理解将军的痛，不到极限，一个男人，一个一辈子刚强的军人，是不会轻易向命运低头的。但同时，我也理解将军夫人，理解她背后拖着受难的将军，眼前还要接受媒体的采访，面对媒体，还要拿出极大的勇气向世界讲述自己丈夫到了最后关头，不得不向疼痛“免战高悬”，这得有多么强大的内心力量啊？

但后来，我听小梅主任讲，鼓励夫人前来接受中央电视台采访的不光是医院，更主要的是将军本人。将军竟然同意由夫人代表他接受媒体采访，而且告诉夫人要“实话实说”。

我问：“那将军本人就是同意您来跟我们说说他的病情和打算的了？”

夫人说：“是的，就是将军说，你快去吧，快把咱们的经历说给大家听，也把《生前预嘱》的好处说给大家听。让人们看看我们应该如何面对重病的折磨，如何看待死亡，选好哪一条‘走’的路。”

一系列“治愈性”治疗均不见效后，将军听从了夫人的建议，在病床上签署了《生前预嘱》，正式向医生和家属声明：我的生命一旦出现“不可逆”的恶化，不要抢救，不要插管，不要白费功夫，也不要让我太受罪，就让我安安静静地离去……

为了照顾将军，夫人一年掉了 30 斤的体重。

“那段时间他天天都在跟我说死的问题。我知道他不怕死。他在死亡面前也是条硬汉。但是人在靠近死亡的时候，必须有办法、知道如何去面对。”

接受完采访，夫人还要回病房去继续扶持爱人，那时候已经晚上 8 点多了，夫人晚饭吃了没有，不知道，只是说采访如果够了，她就得赶快回去，她不能离开将军的时间太长……

我把夫人送到电梯间，看到她刚哭过的脸上，此刻竟泛起了一种完成了任务、完成了将军让她接受中央电视台记者采访这样一件“大事”后的一抹轻松，我的眼睛潮湿了，真想走近她叫一声“大姐”，然后扑到她怀里，像亲姐妹一样。

我很愿意跟她分担，而不是只从她那里听到一个“悲壮的故事”。

但我又能跟她分担什么呢？

将军的病治不好了，大姐多想分担一部分将军的痛，但她也分担不了，只有陪伴，只有不离不弃，每一天就那么在身旁守着。

这样的“大姐”值得人敬重。

因为正是她有一天在 301 医院病房的走廊尽头，发现了静悄悄躺在那里的《生前预嘱》的介绍材料，她自己先仔细阅读了，然后不怕埋怨、不怕被将军误解，转给了丈夫。

她理解丈夫，更知道军人真正的尊严其实应该包括很多。

设想一下，将军如果没有经过夫人看到《生前预嘱》，如果没想明白正确地面对死亡其实是人类的另一种“勇敢”，他会怎么样？

被放疗、化疗不断地治疗着？

有一天快要危及性命了，他也会被送进重症监护室（也就是ICU），然后单位、部门，各个方面都会不惜一切代价地对他进行抢救，这个“不惜一切代价”不仅包括调动所有的医疗资源、不计成本、不计时间，同时也包括不计患者自身会怎样地痛苦挣扎、绝望和无助……

将军想通了，在夫人的帮助下决定接受“缓和医疗”。

有一天他跟夫人说：“材料我都看完了，是一条好路。”

夫人却跟将军说：“那命可是你自己的，要怎么做你需要听从你自己内心的召唤，不要管别人。反正不管怎么样，我都会陪着你，你身边都有我。”

将军点点头，他说他明白，都考虑清楚了。

就因为上了呼吸机、胃食管，医生总是希望给每一个病重的患者都尽一份天地良心。

“起死回生”对不对？

对，医学有时也会出现这样的奇迹。

但绝症病人即使大动干戈地一时被“救活”了过来，他的生命终会抵达终点的事实也不会改变。相比短暂的生命延长，抢救造成的痛苦却极大，更何况多活的每一分一秒病痛都会如影随形，这真的是正确的选择吗？

是病人自己想要的吗？！

我和小梅的讨论还在继续。

我终于知道，不，再一次验证：“不疼”其实对所有的濒死之人来说，是最现实、最重要的帮助。

所以，“不要疼痛”是患者的权利，时代进步了，你疼了就可以喊，小梅是这样说的。

如果医学做不到，“喊疼”就没有用，但现代医学已经能够做到至少是能够在很大程度上帮助患者“不疼”，所以这口号喊得就可以响亮。

“我不要疼！”你只管大胆地说！这没有什么可丢人的！

吗啡的官司居然赢了？！

2017 年 5 月 17 日，北京市东城区人民法院做出了一审判决：

对某司法鉴定机构出具的《法医临床鉴定意见》不予采信，驳回原告要求陆军总医院承担相应赔偿责任的全部诉讼请求。10 天之后原告没有上诉，医学界一片哗然：哇，这场“由吗啡引发的医疗纠纷”陆军总医院竟然“赢”了！很多医生感慨，很多医生奔走相告：这场胜利不仅仅解救了涉事的临床医生，也是对我们中国刚刚兴起的“缓和医疗”一次有力的声援！

造物主创造了人类，让他生老病死，但也没有那么残酷，也给了人类一种缓解疼痛的方法，这就是使用吗啡。

那吗啡究竟是什么东西？猛地一听也许会吓死人——它来自鸦片。

对，来自鸦片，是阿片类毒品的一种，只不过在鸦片中的含量仅为 4%~21%，平均值在 10% 左右。

1806 年，德国化学家泽尔蒂纳首次将吗啡从鸦片中分离了出来，并使用了希腊梦神 Morpheus 的名字为其命名。随后，由吗啡衍生出来的盐酸吗啡成为了临床上常用的麻醉剂，多用于创伤、手术、烧伤等引起的人体剧痛，也用于心肌梗死引起的心绞痛，同时还可作为镇痛、镇咳和止泻剂。

过去，不要说中国，就是在全球，吗啡作为使用量最大的强效镇痛剂，因为它的毒副作用和成瘾性，都被广泛地忌惮。但是后来天亮了，医学的进步给人们的认识带来了突破性的“新说”——正确使用吗啡，可以很好地服务人类，让患者受益，尤其对缓解晚期癌症患者的痛苦而言，意义重大。在合理使用的前提下，癌症病人（缓解癌痛）使用吗啡而致使成瘾的概率约为 0.03%，并不是一个很大的问题。

是吗？太好了，这“新说”简直是在救命！

只不过这一认识要让所有的医生、患者、家属都知道，特别是都接受，仿佛并不容易。

2017 年夏天，还是因为要制作《我的生命谁做主》，我们摄制组专门采访了陆军总医院原肿瘤科主任、中国抗癌协会副会长、“缓和医疗”的前辈与专家——刘端祺教授。

刘教授告诉我：“大约是 1998 年吧，当时咱们国家的卫生部（当时药监局还归卫生部管呢），就说晚期癌症病人，给吗啡的量是无剂量限制的，括弧就是‘没有天花板’这个限制，能够达到效果，就可以把量用上去……我记得当时我拿到这个文件，都觉得是自己看错了，说这个文件是真的吗？因为咱们国家过去对吗啡——那可是限制得太紧了！”

1998年？如果刘教授没有记错，吗啡的突破在我们国家已经有了20年？

但今天你问问“给病人用吗啡好不好”，不用说医生，就是患者自己也还是会说“不好”，会成瘾，到了真正疼的时候就不管用了。还是会拒绝。

天哪，20年，扭转人们的一个认识竟这么难？你说教育要不要普及？要不要跟上？

刘端祺教授告诉我，事实上，全球在对吗啡的认识上都表现为逐渐深入。中国人对吗啡的认识，正确的认识，也不是始于今天。

“有一次台湾的医生告诉我，说吗啡（对缓解呼吸困难病人的症状）可以使用啊，效果还不错。我说是吗，我们也来尝试，刚开始的时候还战战兢兢，后来给病人用上了，病人几乎是立竿见影，十几分钟后就说现在舒服多了。所以对于吗啡，药理上，过去没有完全把它说清楚。”

我忽然想起吗啡官司，就问：“那你们打的那场官司是不是也是没有把事情‘说清楚’？”

刘教授说：“哦，你说那场官司啊，后来不是说清楚了？我们赢了。”

我说：“对，我知道你们赢了，而且这场官司打得全国的医院同行都在关注，差不多成了一个标志性的事件。”

刘教授点点头，说：“过程很煎熬，但结果却出人意料。”

“过程怎么煎熬？事情是怎么发生的？”

简单回述一下事件的经过：

2015 年 5 月，Z 女士因胃癌切除术后胸闷、喘憋，入住北京陆军总医院肿瘤科，影像检查显示其肿瘤复发，并伴有肺炎。虽行抗炎、平喘、胸穿抽液、营养支持等姑息治疗手段，病情仍逐渐加重，家属准备“自动出院”。

然而就在要出院的当天上午，患者突然出现心前区不适，心电图显示急性心梗，并伴有快速房颤（心率 200 次 / 分钟），呼吸困难呈端坐状并进行性加重，按多学科会诊意见治疗后，患者心跳转为窦性，但呼吸仍十分困难，痛苦不堪。针对上述病情，医生与患者亲属进行了交流。在患者家属表示认同后，给予了静脉入壶吗啡 10 毫克，患者呼吸状况明显好转，可以平卧入睡了。

但次日下午，患者呼吸困难又再次加重，皮下注射吗啡 10 毫克后无效，终因呼吸循环衰竭而死亡。

…………

时隔半年，患者的儿子以母亲临终前医院“过量使用吗啡，导致患者死亡，使其过早地承受了丧母之痛”为由在法院起诉，索赔 10 万余元。诉讼过程中因一家鉴定机构认为“医方使用吗啡不够慎重，对患者死亡负有较轻微责任”，起诉者又将索赔金额增加到了 24 万元。

从官司的标的上看不算大，但这场官司如果输了影响却大了。

刘教授说：“就是这场官司，我们敢应诉，就说明我们认为它一定应该赢，但是‘打不赢’我们也是有思想准备的。”

“为什么这么说？为什么明知有理又担心打不赢？”我问。

“你想想啊，患者已经死了，开始的鉴定意见也认为我们对患者的死亡负有责任，再加上中国现在的医患关系本身就紧张，病人走进医院，你医生就得给他治好，治不好，还死了，那不就是你医院的事？医院就得赔！”

“所以在打官司的过程中，我们承担着巨大的压力。以至于有同道都劝我们：这是有理也讲不清的案子，太牵涉精力了，干脆赔些钱就算了。”

“您真这么想过吗？认输？赔钱？”我问刘教授。

刘教授说：“想过，但不能这样做！坚决不能。赔钱事小，但是一赔钱就说明我们输了，吗啡也输了。”

“吗啡也输了？”

“对。”

“吗啡对于‘缓和医疗’非常重要。”

“‘缓和医疗’从广义上讲，就是精神抚慰加物理治疗。尽管这里的‘治疗’不再是以延长患者的生命为目的了，是要想办法提高他们的生命质量，而且在两者之间，如果发生矛盾，我们通常的做法是：宁可牺牲生命的延长，也要让病人舒适。这就叫‘对症处理’。”

“那您的意思是：官司输了，吗啡的名声又要被颠覆？”

“是啊！”

“那最后，这场官司为什么会赢？”我继续问。

刘教授说：“多亏了那些负责任的法官。”

“其实今年2月，国家卫计委就已经颁布了《安宁疗护实践指南（试行）》，当中就已经明确指出：‘阿片类药物是使用最为广泛的具有中枢活性的治疗此类（即晚期患者）呼吸困难的药物’。人命关天，药物关法。我认为我们做得没有错。试想一下：如果医生不给当时这个痛苦的、已经只能端坐呼吸了的患者以吗啡来进行救治，她的结局难道不就是我们老百姓常说的，会‘被活生生地憋死’？”

但我知道，“吗啡官司”胜了以后，刘端祺心情其实并没有太大的轻松。

尽管他所说的“同道”，也就是同行业的医生们，反响非常强烈——有人说，读了胜诉报道，无限感慨：法律终于发挥了应有的作用，还原了事情的本来面目，也给了逝去的生命一个理性的“交代”！

《医师报》官方微信在刊发相关报道后，短短两天，阅读量竟然突破了两万。

小小的吗啡为解决严重疾病患者的末期不适做出了巨大的贡献，但医生也在很多情况下饱尝了“误解”。刘教授之所以赢了官司心里却“并不轻松”，就是因为社会的误解，没有足够的力量来“指点迷津”。

他对我说，他可不愿意用“打赢了官司”这个词。

医生和患者之间本来应该是和疾病进行斗争的同一个战壕里的战友，我们互相没必要去“打”。但是，后来既然已经上法庭了，往大里说，我们是希望通过法律来厘清是非，以利于全国“缓和医疗”事业的发展；往小里说，我们也是想用法律的形式给“吗啡”所代表的“阿片类药物”说句公道话，让同行可以合理大胆地使用，同时更能为患者，特别是那些将不久于人世的晚期癌症病人，解除最后的肉体痛楚。

面对刘端祺以及他所代表的这一类即使打赢了官司内心也还要纠结的大夫，我在微信里跟他说：“我从小就觉得能做医生的人内心都是善良和慈悲的，今天的医生大部分还能这样，我真高兴。”

回到采访罗点点老师。

点点告诉我：咱们中国有一个非常好生恶死的民族传统，尤其对于年老和患有疾病的人，你和他谈死亡，有尊严地死，有时真是非常非常大的冒犯，是一种忌讳，所以医生一般都会去和儿女谈，谈《生前预嘱》，谈“缓和医疗”。

对于点点的“抱怨”，我何尝不明白如今的社会，现实就是如此。

但简单地回望一下历史，我们中国的先贤智者，其实自古对“生死”就有着很精辟的认识。认为自己的命是父辈生命的一种延续，死便可以如同“回家”，即所谓的“视死如归”。

庄子曾经解释生死，干脆就是：“人之生，气之聚也。聚则为生，散则为死。”人的生死，都是自然使然。

他在《大宗师》里更指出：“且夫得者，时也；失者，顺也。安时而处顺。哀乐不能入也。”翻译成今天的白话就是：“生不足喜，死不足忧。”

此外还有四个字——“顺存没宁”，是中国宋代著名的思想家张载提出来的，他总结：中国人（还是说先贤吧）之所以能够达观地看待生命与死亡，那是因为他们理解，懂得死就不怕死。而“顺存没宁”，意思是说：“生”，也就是“存”，“吾顺事”；“死”，也就是“没”，“吾宁也”。

今天我们的社会，文盲已经少而又少，但对于先贤们的智慧，能够用其指导自己思想，特别是行动的，少而又少。

这又是为什么呢？

点点继续说：“我自己觉得，我们中国社会的现代化一定要重塑，或者说改善一个民族的精神状态。中国只要不停地向前发展，只要经济在不停地进步，社会就一定会不断地更加文明……如果我们对死亡没有一个适当的考虑，或者是一个适当的安排，那么当危机来临的时候，我们就会显得非常慌乱，我们的这个过程就会走得非常非常的艰难。”

李又兰，中国开国将领张爱萍将军的夫人，被认为是签署了《生前预嘱》后第一个选择了“尊严死”的人，老人家一方面在生前就表达了她的意愿，愿意为推广“尊严死”提供自己的样本；一方面在晚年还学会了上网，据说是偶然登录了“选择与尊严”的网站，仔仔细细地阅读了，之后便认同网站的观点，要留下《生前预嘱》，并且说：“今后如当我病情危及生命时，千万不要用生命支持疗法抢救，如插各种各样的管子等，必要时可给予安眠、止痛。让我安详、自然、无痛苦地走完人生的旅程。”

2012年2月2日，在北京301医院，李又兰老人进入弥留之际，家人、医生果然谨遵其嘱，让老人的内心得到了平静——老人在病重昏迷半日后，安详地逝去。

罗点点在跟我讲述“李又兰阿姨”的故事的时候，眼睛里充满了敬意。

《生前预嘱》的概念，准确地说就是一份人类为自己发明的“文明的礼物”。

当然，人选择哪种“临终照顾”，都是要由自己决定的。

你要想好，把所有问题都想清楚。

你不能说今天我选了“缓和医疗”，让自己或自己的亲人不疼、不痛苦，人死了以后又后悔，又来告医生。我们在签署《生前预嘱》的时候，无论怎样选都没有“对错之分”，但，既然选了（除非你又做了改变），就要接受随后出现的客观结果。

生死不是小姑娘跳皮筋，把着一条线，一会儿可以跳过去，一会儿又可以跳回来。

哪样才叫“有尊严”的死？

“缓和医疗”让我们的身体“不疼”，“有尊严地死”让我们心里“不疼”。

但是，什么是“尊严”？国内很多非常有权威的医生都曾经说：他们这辈子在医院里所做的一切就是在和生死打交道，就是从深井中往外拔人，在刀尖上跳舞，在悬崖边散步。

科技发展到今天，医生要面对的最大的问题还是只让病人长久地“活”下去吗？

是否也应该考虑让患者如何舒服并安详地“死”去？

目前，我们国家已经拥有 2.3 亿老龄人口，到 2025 年还会增长到 2.8 亿。这些人怎么死？死前都有一段路，远远地让他们看到鬼门关，看到野兽正张着血盆大口？还是让他们看到另外还有一条路，一条新路，平静一点、友好一点，路的两旁都有鲜花、绿草，有人在路的尽头等着他们，等着跟他们拥抱，说欢迎欢迎，这里并不是只有你们想象中的那样阴森恐怖，这里是另一番天地。然后只需要你闭上眼睛，轻轻地闭上眼睛……

我很理解医生们常说的“只要有百分之一的希望，我们都会尽百分之百的努力”。

因为在我家也有几位“大夫”，有中医，有西医。从小到大我都为他们能够“救死扶伤”、把陌生的病人一个个“从死亡线上给拉回来”而感到骄傲。因此很长时间以来，在我的词典中，“尊严”主要就是指这个。

但是医生不是神仙，医学也不能包治百病。

一年前我清楚地记得我刚刚看到一篇文章，说中国的误诊率在36%，病人被分为3个1/3，就是1/3的病人是被医生治好的；1/3是自己好的；1/3是医生和自己都没有治好，所以无奈地就“挂了”。我当时很气愤，很想做一期节目，一期《新闻调查》，探索假癌、假病、假医生！但是业内人士“安慰”我说：你猛地一听，误诊率在36%，很气愤，对吧？但是别着急，误诊是个全球的问题，国外的“误诊率”更高，美国、英国都比中国高，而且住院的和门诊的也不一样，门诊的误诊率更要高到50%。

人体是一个跟宇宙一样复杂的巨大系统，无数的黑箱还没有打开，无数的“暗物质”“暗能量”还在控制着人类。因此有医生说：如果过去我们认为尊重生命就是要全力以赴地去挖掘生命本身的最大潜力，然后不惜一切代价地把他救活，至于“救活”了以后是什么状态，是一个什么样子？我们就不管了，不用去操心——“那就不一定正确了”，那是对“尊严”的一种曲解。

今天，如果我们再谈尊重生命，首先要尊重生命的自然规律，这就是生老病死，不是不研究健康以及长寿，我们要研究防病和治病，但要科学，要“敬畏死亡”。

这方面最好的例子莫过于2009年中国卫生部已经出台了的《脑死亡判定标准》和与之相配套的《脑死亡判定技术规范》。有了这个东西，医生和患者及其家属就都可以转变认识，明白人怎样叫死，人死了不一定是要等到没有了呼吸，没有了心跳——“脑死亡”是一个标准，一个更加科学的标准。

但医生拼死拼活地要“抢救”病人，不是他们不明白有些人即便是被抢救了过来，还是植物人……但是医生没有办法，有时是真“没办法”。

我们的社会如果还没有很正式、很普遍地谈论“尊严”，还没有把对生命、死亡的“尊严”放到一个应有的平台上，医生也就只能在传统的做法里无奈地重复。

这当中当然不排除“重复错误”。

回到北京海淀医院的“安宁疗护”病房。

与“老护士长”同房间但隔了一张床的病人是一位患了胰腺癌

的 54 岁的中年女人。

我采访过“老护士长”后，后来又去看她，她跟我说：“你看海淀医院从事‘缓和医疗’的医生和护士们有多好，我什么时候看见秦主任（她说的是秦苑）和病人说话，什么时候都是从后面搂住病人，抱着她，抱着她的肩，头挨着头，像家里人一样。”

我顺着“老护士长”抬起来的手扭头看过去，隔壁病床的病人是靠在床头，但她不是一个人啊，还有一位，站在她的床边，是她妈妈还是姐姐？两个人正搂着在一起呢。

“老护士长”说：“哦，那不是她的妈妈，是姐姐，她们是一对双胞胎。”

“哦，双胞胎？”

我仔细看过去——心想哪个是姐姐，哪个是妹妹啊？

两个人的脸长得一模一样，都是那种眼睛深凹，颧骨很高，面部都很有特点的，只是一个脸上有血色，一个没有。

“老护士长”说：“生病的是妹妹。”

妹妹看上去很弱，身上瘦得皮包骨头。

如果不是一对双胞胎，病人也许不会显得那么可怜，但是，正是因为她们姐妹俩是一对双胞胎，两张脸长得一模一样，一个红润，一个煞白，这一对比，死神的冷笑就仿佛从我的后背“嗖”地一下子爬了上来——

我没敢奢望这对双胞胎姐妹能接受我的采访，都这样了，一般人都不会再有“上电视”的念头。但过了一小会儿，编导陈新红跑过来跟我说，大姐，大姐，她们愿意，她们说她们恰恰愿意。愿意跟我们说说“安宁疗护”、说说“缓和医疗”——

我说：“哦，真的？那可太好了！”

我很感动。为病人的无私，为病人在海淀医院里遇到了“缓和医疗”的好大夫。

我赶快收拾了一下自己（天热，我满头都是汗，擦了一擦），然后小心翼翼地坐到了两姐妹的身前。

那一刻，接受我采访的时候，妹妹已经从床上起来，在摄像老师的安排下，和姐姐一块坐到了床边的两把小椅子上，靠墙，妹妹把头靠着姐姐的肩膀，手也攥在姐姐的手里，许是累，许是亲。样子看了让人动容。

我轻轻地问：“那你们跟我说说，妹妹是得了什么病？为什么要来到海淀医院，这里的‘安宁疗护’好不好？真的是在很多方面帮到了你？”

姐妹俩就说，轮着说——

妹妹：“我的病是胰腺癌，这种病怎么得的不知道。但是一发现就发展得特别快。”

姐姐：“后来到了晚期，说老实话，很多医院就不收我们住院了。”

“为什么？”我问。

姐姐说：“没办法治了，谁还愿意收你？”

讲这话时，我注意到姐姐也没有怕妹妹听了会受刺激。可见这个话题，她们姐妹俩或许已经跟很多人都说过，既成事实了，也就没有什么可刻意回避的。

妹妹："我没想到我病成这个样子，海淀医院，还有这么好的一个地方肯接纳我。医生护士像亲人、家里人。每周还都有社工、志愿者来帮我洗头，跟我说很多很多的心里话。"

姐姐也说："是啊，让我妹妹没有痛苦，不再难受，身体上的、思想里的。"

……

2017 年 3 月，海淀医院的"安宁疗护"病房开张，并不是无条件地接收病人。

秦苑主任告诉我，能来这里的患者都是认同"缓和医疗"理念的，不然医患之间就没有一个可以沟通的平台。

这个"都认同的理念"就是不以"治好病"为前提，送走他们，好好地在病人"走"之前扶持他们，认真地对待他们的每一个想法、要求，比如身体的、心灵的，是唯一的目的。

那说到"身体和心灵"，我问，是不是每一个病人提出来的每一个要求医生和护士都会满足？

秦苑回答："也不是。"

2017 年 7 月，一位乳腺癌已经转移了的患者住进了北京海淀医院。

有一天这位患者让所有家人都成功地“回避”，想要单独跟秦苑主任“说上一会儿话”。于是医患二人就来到医院走廊的一端，背靠着墙，患者也是把头歪在秦苑的肩膀上，很小声地开始说：“好了，我都已经做好准备了，现在，你送我走吧。”

啊？秦苑一惊。没有马上回答。

“送她走？”秦苑当然明白病人这是什么意思。但那怎么可能？！

她不急，淡淡地，当然也是很认真地问：“你，能告诉我为什么这么想吗？”

女患者说：“我不想再‘耗’着家人了。”

这个病（乳腺癌）自从得上了就像“全家总动员”，揪着每一个家庭成员的心。

女患者的“不想再耗着家人了”，很实在，她已经不怕死，唯一想做的事情就是用“一种平静的死”来结束自己的生命，结束自己对全家人的拖累和歉疚。

但是，患者的要求秦苑能答应吗？她没有答应，哪个医生都不能答应。

“安宁疗护”是为了缓解病人的痛苦，不是“安乐死”，不能加速他们的死亡进程，别忘了这是“缓和医疗”的原则，也是底线。

秦苑只有安慰患者，劝解患者，找一些有意思的话题分散患者的“死亡”念头。

但是这样做，她知道不能百分之百地解决问题，只能“让自己能做些什么就做些什么”，尽量多地给患者一些关怀、爱心、帮助，让他在生命最后的一段时间里，思想包袱小一点，人也活得轻松一点点——

对于“尊严”，我开始以为只有“面子”“平静”“安详”“好好地走”才算“尊严”，但是后来我发现“尊严”还有一面，那就是“个性”，我的生命我做主，我愿意怎样“走”就怎样“走”，这才是“尊严”。这种“尊严”因人而异，能不能都做到，还有问号。

在北京 301 医院，我的采访还没有结束。

李小梅主任介绍我们采访了将军夫人，也介绍我们认识了一些普通患者与家属。

对于 301 医院，外界很多人可能认为，这家医院（解放军总医院嘛），主要是收治国家党政军高级领导人，对平民百姓可能并不开放。但是这样的认识不对。

301 医院不仅集中了全军甚至全国顶级的医生和医疗资源，而且一方面直接服务于省部军级以上的高级干部，另一方面也很接地气，也收治普通的老百姓患者。

我在这里听说将军是把《生前预嘱》签好了放进了他的病例口袋，认为留一份军人的尊严比晚一点死更重要！

但我也记得，当我问到来这家医院治疗的，有多少人知道《生前预嘱》，有多少人签了并愿意接受“缓和医疗”时，小梅主任说，不多，也就 1/3。

才 1/3 ?

“中国好女婿”——李小梅主任帮忙介绍的另一位病人家属，30 岁出头，浓眉大眼，把头发在脑瓜顶上用橡皮筋扎了个“朝天追”，很有文艺范儿和卓尔不群的气质。

他之所以被李主任称为“中国好女婿”，是因为他不是陪着别人来到 301 医院住院的，是陪他的老丈人。

“现如今上哪儿去找这么好的年轻人？”小梅主任说。

“你们电视台要选‘中国好女婿’，他是不是应该第一个当选？！”

我说：“是，是。”

我渴望见见“中国好女婿”，渴望跟他谈谈《生前预嘱》。如果可能，还想谈谈“尊严死”“自然死”，问问他的老岳父是不是也和将军一样已经非常“想得开了”？

但是……

李小梅把“好女婿”带到我们的摄像机前，“好女婿”皱着眉头，有点上火，也有点犹豫。

我说：“你别紧张啊，我们只是随便聊聊。”

他就坐下，手搓着手，说：“让我咋说呢，我不是不赞成《生前预嘱》。那是一个好玩意儿。要是我，我早就签了。但是我爸，俺家的情况，我还真不能把这件事情如实地告诉他。”

“好女婿”一口一个“我爸、我爸”地叫着，操的是东北口音，但这个“爸”指的是他山东籍的老岳父。

他的老岳父患的是肝癌并已出现脑转移。不过说老，年龄可并不大，只有56岁。

“我咋告诉他呢？”“好女婿”带着很浓的东北腔，很犯愁。

我问：“告诉他咋了？”也用东北腔。

“告诉他，他就得崩溃。”

“崩溃？”

这我可没想到。

“好女婿”说的“崩溃”不是《生前预嘱》，不是让老岳父在《生前预嘱》上签字画押，他说的“崩溃”是病情，老岳父的病情，“好女婿”说首先这就“不能以实相告”。

我问：“你说你岳父，告诉他实情了他就得崩溃，这，你是猜的，还是你能肯定？”

“好女婿”说：“不用猜，根据我爸的性格，他一旦知道了自己原来得的是肝癌，还、还都已经扩散了、转移了，一准会受不了；受不了就得给我在山东家里的媳妇儿打电话，而我媳妇儿马上要生小孩了，也就是这两个礼拜的预产期，你说听了会咋样？再有，我家的情况非常复杂，我爸‘活着’和突然对别人说‘他已经快不行了’，那状态、结果，不一样，那家里，家里一定会乱了套！”

《生前预嘱》在“好女婿”这里就碰了钉子。

他的老岳父在家是搞家族经营的，那“经营”不是什么“大买卖”，就是在村里搞搞零售、搞搞代理。但是为什么说家里人一旦知道了他“得了肝癌——快不行了”就一定会乱套？“好女婿”说“这我不方便说”，家长里短的人多事情就复杂。我也没有细问。一家有一家的情况。“家家都有本难念的经”，靠自己想象吧。

现实生活中，不是所有人都会把“尊严”看得那么重。

生活里还有很多事情，“很现实”，很难跟“尊严”一比就简单地被处理。

想想真是，如今的中国社会，农业人口占比超四成的事实基本上还没有得到彻底的改变。很多人，尤其是社会底层的人民群众，都还被“看病难”“住院难”困扰着。自己的亲人千方百计地被送进大城市的大医院了，担心更多的是人家医院会不会给咱“好好地治”？危险的时候能不能让咱进入重症监护室（ICU）？至于进了ICU，抢救不抢救、有创不有创、病人受苦不受苦、有没有丧失尊严，先救了人再说，再说吧！

我问“好女婿”：“你这样想也有你的道理，但如果你岳父没有提前对他的身体情况——我说的是万一需要紧急处置了——留下一个话，你们怎么办？到时候救不救？”

“救，当然得救！”

“好女婿”非常坚定，话像钉子砸进板子！

我说：“不是，我的意思是说医生已经告诉你，到时候救只是权宜之计，人是不可能再和原来一样了，事实上……就是说……没救了，那你们怎么办？”

“好女婿”这下不说话了，皱着眉想了一会儿，等到他再开口，就变成：“你说的这种情况，我还真没有考虑过，那可咋办呢？人救不回，还得遭罪，可不救又怎么能成？！”

……

《生前预嘱》的精髓：“我的生命我做主”。

不管签署人在哪一个选项上打钩，即使是“我就要抢救、就是要有创”，那也是他的心意，也有绝对的权威。所以，没有原则就是原则！

尊严是什么？到了这一步，我又得出了“另一个答案”：“我怎么想”就是“我的尊严”。

但你为什么那样想呢？什么能够影响人们的想法、做法呢？

呼吸机不吸了，谁来最后“拔管儿”？

知道了我的生命“我”做主，也知道了还有一个手段叫“缓和医疗”可以为我们的“尊严死”保驾护航，但是人们在真正要签署《生前预嘱》的最后一刻，或许还会犹豫，为什么？因为我们生命的“尽头”在哪儿？由谁说了算？签了《生前预嘱》是否就等于我们愿意放弃今后有可能活命的抢救机会？“过度抢救”和“有效抢救”有没有明确的“边界”，如果有，又怎么划分呢？

在北京 301 医院，我和南区肿瘤科副主任李小梅面对面的采访已经接近三小时。

那一个下午，她说她“还有很多的话要说”，我说“我也还有很多的问题要问”。比如：

《生前预嘱》既然这么好，那在医院里的推广是否乐观？

“缓和医疗”可以帮助患者，但具体涉及哪些医疗内容？

从患者表明心愿到《生前预嘱》被执行，医生遇没遇到过什么困难？

还有：家属或儿女如果坚持“不怕受罪”“就要抢救”，那该怎么办？一定要说服他们吗？如何说服？好心都能被理解吗？等等。

这些问题贯穿在我俩、我和所有采访到的主张《生前预嘱》和“缓和医疗”的大夫和研究者的对话当中。

问题之最：《生前预嘱》好不好？好。那从医生的角度来看，在医院怎样“落地”？这当中一个具体的环节：“患者签了《生前预嘱》，医生怎么知道？特别是自己病重被送进了医院，自己已经不能开口，在紧急时刻，要是医生不知道，这份预嘱不是就等于白签了？”

小梅说：“是啊，这个问题不算尖锐，但是配套的操作，确实需要很好地统合。”

我又问：“那你分析过吗？你们医院，只有1/3的患者理解《生前预嘱》，肯接受‘缓和医疗’，这又是为什么？”

小梅开口想说，但问题可能太多了，她欲言又止。李小梅是主张面对患者和家属“实言相告”的，就是尽量不对患者和家属隐瞒病情，包括肿瘤，良性的、恶性的；早期、晚期。当然怎么交流是要讲究方式方法和时间节点的。就像她推荐我们采访的“中国好女婿”，她就不建议“好女婿”一次次地对他的岳父大人撒谎，“要说开，慢慢地说开”，不然连自己的病情都不清楚，怎么能做到“我的生命‘我’做主”？

我说："你这样讲是不是太不顾及中国的国情了？中国人缺乏'生命教育'，连医生都讳言死亡，突然生病，突然'死'就站在离你不远的地方了，你让他怎么顺应自然，怎么想得通？"

小梅回答："是啊，所以我每礼拜出门诊，遇到肿瘤病人都得特费心，先要跟他们问东问西，慢慢地进入，过去的身体，家庭的现状，慢慢地才能迂回着往实质的问题上引，说重了不行，说轻了也引发不了患者的重视。因此每天我每看一个病人，需要的时间都特别长。"

小梅说："不管怎么样，现在在医院，真正推广《生前预嘱》和'缓和医疗'还是很不容易的。比如你已经采访了我们的'中国好女婿'，你听他说他家的情况有没有道理？他就是不想让岳父知道自己的病情，说什么也没用，这样的患者和家属还不在少数。"

为了慎重起见，为了日后不产生医疗纠纷，北京301医院肿瘤科在对患者家属下达《病危病重通知书》时，都要让家属在很多选项上表态。这份通知书也是一份文件，纸质的。在上面首先就写明患者的病情是正处于"病危"还是"病重"的哪个阶段，然后说明"一旦出现危及患者生命的临床表现了，医护人员会全力抢救"，但具体要不要实施哪些措施，比如"药物救治""气管插管""呼吸机辅助呼吸""电除颤""胸外心脏按摩""安装临时起搏器"，等等，每一项就都要患者家属签字。这样做实际上是《知情同意书》，在患者没有签署《生前预嘱》的情况下，301医院变换了一下，用这种方式尽可能地按照患者的心愿来实施“抢救”或者“缓和医疗”。

小梅说：“这也是没办法的事，慢慢推着往前走吧。”

不过这样，我还是穷追不舍：“那你们都是让家属签字，这能完全代表患者个人的心愿吗？”

小梅说：“当然不能做到完全，有很多患者我觉得不想受罪，想放弃，但家属不干，他们就是要在‘有创抢救’上打钩，这样，他们‘打钩了’，我们就得照办，就得一项一项地去做——累我们不怕，‘白白浪费时间’也是谁都知道，但最主要的是患者要遭罪啊！我们反复看着患者在临终之前无效地接受着各种各样的折磨，这种情况如果发生在他已经说不出话来了的时候就尤其残忍。我们看着，天天看着，真不忍心啊！”

在中国，最现实的问题是：呼吸机不吸了，谁来最后“拔管儿”？生命没有机会让医生改正错误，紧张的医患关系让医生变得更胆小。医生满肚子苦水：为什么我们要放下可以挣钱同时又没有风险的“积极抢救”（反正救人总没错吧），而去费力说服家属走“缓和医疗”的新路？万一事后家属反悔了呢？万一老大同意，老二又突然找上门来呢？

所以推广《生前预嘱》其实并不轻松，而且一碰到具体问题，医生的“小心脏”就难以承受巨大的压力！

这些问题我们不解决行吗？

在ICU，为何都不说话？

直到今日，还是有这样的“段子”在网上——微信“朋友圈”什么的，不断地流传。

说某某医院，最愿意收治一类相当级别的“高干”，说这样的人一年的医疗费有几千万。院长给有关部门下达命令：对这样的“摇钱树”，千万不能让他死，也不要治好。最好状态就是在这种“不好”也“不死”的接合部，多逗留几年，这样医院的收入就有保障了，医生护士们的奖金也就都能“细水长流”了。

我转述这类“传闻”，隐去了最难听的描述，而且我之所以称这是“段子”，就是不相信或者说不愿意相信我们的医院如今到了“一切向钱看”的份上。那样不仅唯利是图、世风日下会遭人诟病，而且对于《生前预嘱》、“缓和医疗”的打击也是灾难性的，婴儿刚刚出生就得给他琢磨“墓志铭”，那就太可悲了。

终于有机会穿上无菌衣（那种伸直了手臂钻进袖子，然后让别人从身后帮你系上带子的白大褂），戴上口罩、帽子，脚蹬鞋套，走进 ICU，近距离地看看这个世界，看看这里的医生如何启动医用设备展开对人的一系列的“抢救”。

我知道重症或危重病人在这里要是走上一遭，或者被救活，重新推回病房；或者救不活，被送进另一个房间——太平间，除此以外，仿佛并没有更丰富的出路。心里冒出三个字“鬼门关”！

2017 年夏，事实上我和摄像师、录音师三个人走进 ICU，实地采访和拍摄了北京海淀医院重症医学科的主任秦龙，就是要他现身说法地告诉我如今在“ICU 抢救”，医生靠什么“十八般武艺”，他们与患者之间的关系是什么，怎么处。

秦龙指着我身边各种各样的机器（不断闪着红灯或绿灯），一样一样地告诉我这是干什么的，那是干什么的，什么是心脏起搏器，什么是呼吸机，什么叫气管切开，什么叫血透，以及众多药物支持的手段，然后走近了一个又一个病床，指着床上的病人告诉我，你看，这就叫插管，这就叫切喉。而我，在 ICU，几十平方米的一个不算小的空间，看到有五六位病人，都是老者，他们身上的管子从哪儿插进去，从哪儿伸出来，又怎样巧妙地和身边的机器连起来，只是这些老者（有男有女啊）动也不动，对我的到来没有任何的反应。我知道他们都还“活”着，因为机器上显示着他们都还有心跳、有呼吸，但是这些病人没有一个睁着眼，没有一个能跟你说句话（或愿意说话），也没有一个哪怕用任何的一种方式告诉我，他和这个世界还有明确的关联。

采访完秦龙，甚至离开了北京海淀医院的ICU，说老实话那一天我一直都在想着：万一有一天我也要到了“非要抢救不可”的时候，我进不进ICU？走不走这一步？要是走，怎么走？

没什么说的，进ICU，就要接受医生的处置；不进，不受摆布，但会不会失去有可能活命的机会？过去我没看过，也许不怕，至少怕也是来自理论上的，但是现在，我是亲眼所见管子怎么插，切喉在脖子的什么部位，患者躺在那里都没有喊痛，但是我的心却一剜一剜地难受——这世界非常非常感性，感性得让人不需要推理。因为它有图像、有温度、有气味。

唉，到了最后的一刻，我究竟该怎么办呢？

罗点点在她的《我的生命谁做主》这本书里有这样一个小的章节叫“活着还是死了”，我看一遍就烙在了心上。

她说：如今“心肺复苏”等急救技术突飞猛进，专门用于救治危重病人的加护病房也如雨后春笋，它们（这些抢救措施）在挽救人的宝贵生命的同时，也有意无意地侵犯了自然死亡的领地。事实上在ICU，越来越复杂的人工设备，可以将越来越多的临终病人滞留在生死之间。这些生命之火已经燃尽了的临终病人并不能真正地“起死回生”，而成熟的医疗技术却可以将这种生死不明、尊严尽失的状态维持数天、数月、数年，甚至数十年……

天哪！

其实在北京，除了北京海淀医院，我对另一家医院——北京协和医院也渴望多时，很想对它的ICU，特别是在那里工作的医护人员做一次深度的访谈，但是时间关系，这个计划最后在节目播出之前没有落实，不过好在罗点点在她的书里收纳了一位作者——郝新平之前对急诊科三位主任和教授的采访。这三位主任分别是郭树彬、于学忠、王仲。

作者形容这三个男人都是“见惯了生死的硬汉”，问他们对《生前预嘱》的看法，得到的答案一致是：“好，当然是好，是一个进步，但是……”

“但是”后面的省略号让人生发联想，但是什么？

通过采访实录，我看到三位权威人士讲出了很多医生的大实话，这些“大实话”道出了病人在生死关头尽管表达了“我的心愿”——我不愿意接受“积极抢救”，或者我愿意接受“缓和医疗”，只不过这些“心愿”一旦遇到具体的实施，有时两难，有时多难，弄得医生往往手足无措。

咱从漏斗的广口往细里说吧：

首先，中国的传统文化、伦理观念，几千年了，都是拒死亡于千里之外，跟讲究生命质量，追求自然死、尊严死的种种做法依然发生着抵触，比如“好死不如赖活着”，这个话不好听，但是到老了，谁老谁都是如此，就是哪怕有一根救命的稻草都得抓住，紧紧地抓住。

其二，医生的天职是什么？救死扶伤！所以很多大夫看到危重病人被推了进来，首先第一反应就是尽百分之百的努力去积极抢救，这是一种惯性，也是一种习惯。

其三，危重病人有没有对自己的抢救表达过个人的意愿，或者说事先有没有签署过类似《生前预嘱》的文件，不知道。如果有，在哪里？医生是否有权来看？

其四，患者和家属的意见不一致或正好相反了，听谁的？

其五，家属，一个说救，另一个说不，医生怎么办？

其六，有些家属不忍心看着亲人受罪，表示“不再进行抢救了吧”，但是又怕亲戚朋友、街坊邻居说自己不孝——你看你怎么这样，本来能救，是不是就是怕花钱？或怕人救过来了，老爸老妈会变成瘫子或植物人？因此导致很多家属明明“想得通”，但就是不敢“不救”。

然后还有家属或子女，他们不愿意放弃“治愈性”的治疗，原因之一竟是有人觉得抢救的费用，不管几十万、上百万甚至上千万，反正都不用自己出，由国家兜着，那能救的为什么不救？何况，老人活着“一天”就有这一天的工资。

出于经济的考虑，有些人甚至拜托医生要想尽一切办法让病人熬过31号，因为过了31号，这个月（或下个月）的工资就又可以领了。

现在医院做手术，签字的都是家属，患者个人大部分情况下到了生命的最后一刻，实际上是自己做不了自己的主的……

到底，谁握着我们的“生杀大权”？

人在生活里，很多教训是要付出沉重代价的，但代价再重，也不如生命，只不过生命的付出究竟什么时候是“时候”？谁能自己说得清？

也许是我强调得不够，也许这个问题我们始终都没有得到彻底的解决。

那就是“有效抢救”和“过度抢救”的边界究竟在哪儿？谁握着我们的“生杀大权”？

有一天采访拍摄的时候，站在北京海淀医院的病房走廊，我说了这样的一段话：

> 人的生命一旦靠近终点，我们需要做出对自己进行怎么样的医疗照顾的选择。比如要不要签署《生前预嘱》？要不要接受“缓和医疗”？但是一旦我们签了这份文件，是否就等于我们要放弃今后有可能活命的抢救之机？而“有效抢救”和“过

度抢救”的“边界”究竟在哪里，又由谁说了算？

谁掌握着我们的“生杀大权”？

我向接受我采访的每一位专家、医生几乎都问过这个问题。身在医院，几乎所有病人都不知道自己的命运，就是有人知道了，医生无奈，自己更无奈。那“生与死”的边界究竟在哪里？什么时候叫“有效抢救”？什么时候就属于“过度抢救”了呢？

被问到的大夫都明白“兹事体大”，这个问题“太关键了”，所以都不轻易说，要说就必须有科学的依据，何况人死不能复生，我们不能错，不敢错！

那怎么找“节点”，怎么能看到“分水岭”？

我继续不依不饶。这个问题必须得有答案，《生前预嘱》要推广，“缓和医疗”要实行，人们终究都绕不开这道难题！

2017年8月底的一天，我接到生前预嘱推广协会秘书长的微信，说刘端祺教授经过再三考虑，还是希望我们中央电视台再采访他一次，换句话说他还有一些话想对我们说。

我心想这个人不是已经采访过了吗？

在采访的时候，生命的“节点”的概念就是由他提出来的。

那为什么还要做补充采访？

直接和刘教授通了电话，刘教授说上次在东戴河，由于事先没有准备，他只提出了一个什么叫“有效抢救”、什么叫“无效抢救”的概念，但不准确、不全面，很多话还没有说到经得起推敲。

我内心肃然起敬。当然不能怕麻烦。这个问题正困扰着我，折磨我。我正想找个人再权威地给我好好说说呢。

刘教授说：“对，这个问题可不能马虎。”

“生杀大权”究竟掌握在谁手里？由谁来“监督掌管这样有权力的人”？

我的问题越来越严肃。刘教授也同意：“应该严肃！有关生死，必须清清楚楚、明明白白。我们得给大家交个实底。”

我说好，那我们就“补充采访”！

于是我说服编导，编导同意，双方设计时间、地点，怎么再访，怎么补拍……

刘教授的坚持不仅仅从一个医生的“负责任”上打动了我，还在于他的主张：如果谈这个话题——生与死的边界？“有效抢救”和“过度抢救”的边界，我们就不能单靠“说”，还要用事实说话、用病例说话。

“用病例说话”？

对。就是我们得找活生生的病人案例，举一反三，现身说法。

他建议摄制组到他所在的陆军总医院进行补拍，这样身在医院，身边都是患者，最可感、最有说服力。到时候他会请肿瘤科现任的主任带领相关的医生一起给病人会诊，摄像机可以全程跟拍，不管会诊的结果怎么样，是判断病人有必要进行“积极抢救”，还是没有必要“再行抢救”，我们都拍着看。这样，整个过程都是随机的、客观的。“然后医生就可以根据病人的现实情况得出结论，之后再去和家属谈。”

“生杀大权”，“生杀大权”！

刘教授在说服我“补拍”的过程中，我心里反复地炸响着这四个字。本来我就心重，这个问题一天见不到曙光，我一天都会在黑暗里无法解脱。

到了规定的再访的日子，我记得非常清楚，2018 年的 9 月 4 日这天下午，我们已经转战其他节目的摄制小组又重新被聚拢到一起，来到了位于北京东二环东四十条桥西南角一条胡同里的陆军总医院，这家医院的前身就是原来的北京军区总医院。

在陆军总医院的肿瘤科，刘教授这次改穿了一身的“白大褂”，再次坐到了我的面前。

我只提出了一个问题，就是“生杀大权”。

这个权力究竟应该掌握在谁的手里?

刘教授说这个“生杀大权”，不是严格意义上的法官断案，一锤定音，是我们的一种比喻，因为这件事非常非常的重要，患者一旦“走”了，就不可以再回头，所以经过再三思考，刘教授觉得至少应该建立起四个方面的制约机制。

第一，现在国外通常的做法是由两个副高级职称以上的医生（有时还要再加上伦理委员会的成员），大家共同决定一个患者究竟还有没有必要进行“积极抢救”。我们国家比国外管理得更严格，我们实行的是“三级诊疗”制度，因此绝对排除了一个人“说了算”。

第二，上次接受采访时我告诉你们的“节点”，也是一个形容词，不是不可变的时间点。也就是说，一旦患者接受了“缓和治疗”，不是说就不可以再拉回来进行目的在于“治愈性”的治疗，这要看患者的身体，一旦医生感觉他又有了抢救和治疗的价值了，这样的机会，医生绝对不会放弃（尽管这种情况发生的概率往往很小）。

第三，这一点必须十分明确地加以指出，那就是“缓和医疗”不是“不治疗”，是另外一种的“治疗方向”，绝对不等同于“放弃治疗”。

第四，就是在选择“积极抢救”或“缓和医疗”的问题上，我们还要听患者本人和家属的意见，这一点也不可忽视。

为什么不可忽视？为什么抢救时患者本人和家属的意见也要占去一票？

刘教授讲，因为我们常说“生命是无价的”，但是在医院、在ICU，有的时候生命真的是“有价的”。什么意思？“毕竟一些抢救的药物、针剂、医疗器械的使用，等等，都是非常昂贵的，有些人家里支付不起，特别是有时即便动用了这些医药和仪器的资源，危重患者的生命也不一定能够被‘抢救’得回来。所以我们必须要把这种现实跟患者或家属讲明白，免得让他们人财两空，徒怀虚妄。”

事实上，在有关《生前预嘱》如何不被滥用的问题上，我不仅采访了刘端祺教授、李小梅主任，此外还采访了很多人，听到了几乎都是一致的意见，那就是：在合理的情况下，任何人都不会因为签署过《生前预嘱》，也就是《我的五个愿望》而痛失再次获得新生的抢救机会。医生建议患者接受“缓和医疗”，那一定是穷尽了一切的治疗手段。

9 月 4 日这一天，正像刘教授所承诺的那样，我们确实得到了机会，跟踪拍摄了一个真实的案例。

这个案例，病人是随机的，一位 64 岁的男性，患肺腺癌并已出现脑转移，经过多年治疗已不见起色。

我们在“跟拍”的时候，陆军总医院肿瘤科的现任主任张宏艳女士正会同专家及本科室的大夫们共同讨论。

会上五六个医生，大家从坐着，到站着，到最后都集中到医生办公室的 X 光透台前。

大家商量了好一阵儿，最后都基本上认定这个患者再进行放、化疗，治愈率已经很低了，基本上就倾向于要劝告病人和家属去接受“缓和医疗”了。

但为了能够做到“大家安心”，医生们最后提出还是要到病房里去亲眼看一看，以便在和这个危重病人的实际交流中获得更多的信息。

于是，医生们来到了病房，我和摄像师、录音师也都跟了进来。

在病房里，那位病人虽然还清醒，但瘦弱、脸黄，口鼻处罩着一个“塑料口罩”，我知道他这是在吸氧。

接下来，从会诊到临床，医生们最后形成了倾向性的意见，那就是再继续治疗确实“已经没有什么意义了”。张宏艳主任和主治医生就要和患者家属谈话了。这个谈话，很艰难，但必须做。

我们摄制组也得到可以全程拍摄的机会，于是，在我们的镜头前，张主任和主治医生很耐心地向患者家属解释了患者目前的身体状况，比如“走路不稳，嗜睡，语言欠清，颅内经多次放疗脑转移瘤还是呈现多发，且比以前还要增多和增大了”等等，面对这种情况，医生们建议患者接受“缓和治疗”。

也许是考虑到我们的央视记者在拍电视，也许患者家属根本就顾不上有没有人在场拍摄（只是我自己想多了），总之，患者的爱人，一位看上去很通情达理、很文弱的中年妇女，在听了医生的“如实相告”之后，含着眼泪向医生表达了这样的几层意思：

第一，自患者入院以来，他已经得到了医生的很好的治疗，非常感谢；

第二，就是她和亲属也都同意医生对病人目前状态的分析，不再进行没有任何意义同时还要让患者付出极大痛苦的“治愈性”治疗了，他们同意接受“缓和医疗”；

第三，如果要问这样的方案是不是病人自己的愿望，家属说：“是的，他其实已经把所有的事情都想清楚了，他不想再遭罪，我们也不想让他再继续遭受折磨。”

泪水顺着妻子的脸颊往下流，但她不断地说“谢谢”“谢谢”。

……

整整一下午的拍摄，尽管我们每个人的心情都很沉重，但我获得了一个完整的范本——医生在处理病人究竟应该走哪条路，是继续救治，让他起死回生；还是已经“没救”了，不如就让病人接受“缓和医疗”好好地“走”，他们是怎样“扳道岔儿”的，“生杀大权”是如何把握的。

镜头前观众能看到每一个细节、每一句关键的对话，这就是“原始呈现”，没有掺入一点水分，我始终在一旁，可以做证。而且事后我也在心里说：“这下我可算知道医生到了什么时候该做出什么样的决定了。”

多亏了这次“补拍”，多亏了刘教授。

父亲如桥

生命无常。

生命只在呼吸之间。

再怎么这样说，如果你没有亲身感受死亡，不明白死亡的凛冽、它的决绝、它的残酷，也难以十足地体会到。

2016 年 9 月，我受香港丽星邮轮邀请，经瑞士苏黎世转机到德国汉堡，参观并见证了亚洲最大的“云顶梦号”在据说全球最大、最古老的造船厂里建造完工。11 月，这艘超级邮轮便将以中国广州南沙为母港，开始其首航越南的正式运营。

结束汉堡的参观，第二站是维也纳。

在维也纳我们被再次邀请登上了“水晶 · 莫扎特”号邮轮，这是一次河游，所游之地是“蓝色的多瑙河”，准确地说是从奥地利出发，经斯洛伐克、匈牙利，沿多瑙河展开为期 5 天 4 夜的水上行程——太棒了！机会难得，嘉宾待遇，每个人都有点骄傲得意。

好吃好玩的一路，加上那几天正赶上中国的农历八月十五，中秋之夜——在欧洲，他国的天空，美丽的多瑙河，一轮明月高悬天际，船或行或停，夜也静、水也静，只有人相熟和不熟的，拍照、欢笑，偶尔的夜晚，我和几个“已经很投缘了的”记者也下船去看看，看看欧洲古老的小镇，喝一杯当地的啤酒，买一两件可爱的小饰品，人生难得有此经历，月光抚爱之下一切都显得那么美好、那么惬意。

然而，《蓝色的多瑙河》可以染无限浪漫、撩无限遐想，但终有尽时。

事实上我们坐在“水晶·莫扎特”号上，穿过了四个国家，当我们来到匈牙利的首都布达佩斯，大家都被招呼着下船，进城游览。我们先是爬上了“城堡山”，跟着参观渔人堡的观景台，然后才是马加什大教堂（Mátyás Templom），这几个地方游人再忙也都必须打卡——走马观花、蜻蜓点水。

坐在大巴车上，热情的导游（中国人）亲切地为我们介绍着匈牙利的首都如何被分为了“布达”和“佩斯”两座城市（哦，原来是两个城市的名字啊），介绍两座城市分别建于何年，又说中国有个著名的电影演员叫陈强，他有两个儿子，一个叫“布达”，一个叫“佩斯”，就是因为当年他们在中国出生，他们的父亲——陈强却刚好在匈牙利公干，于是，他的儿子们就分别被叫作了……

哦哦，满车人听着都大笑，陈强，老陈强，知道，知道！我也跟着笑。

不过，突然，我的目光被多瑙河上的一座桥紧紧地吸引了。

那桥出现在大巴车右手座位的窗外，我在左手，本是看不太清的。但不知为什么，我竟递过手机，让坐在右手座位的人帮我拍照：“快，谢谢，快帮我拍下一张照片！”

嘿，为什么会这样做？不知道。有点唐突。不是我这个年龄的人应该有的冲动。但我就是这样执着地做了。

随后，参观完马加什大教堂，我又不听人劝地非要在教堂门口花 10 欧元买下了一张地摊画家所画的一幅水彩画。那水彩画不是别的，也是那座桥，我在车上就特别喜欢，或者说特别地被吸引。

那座桥是怎么回事？买了画之后我问导游。

导游说：“19 世纪吧，这个国家的一位将军，打仗回来，老父亲突然病危，他要回家，但天气不好，当时多瑙河上的这座桥还只是一座木质的浮桥。将军就只好等。等了一个星期也没有过去，到底也没有见上老父亲的最后一面。父亲死了，将军很难过。以后就出资在河上建了这座坚固的桥，用石头和铁链子，不再用木头。”

我愣在异国他乡，久久不语。

没人发现，没人发现我买了画之后情绪“大变”。

之前我是那么的欢快，不停地跟大家说说笑笑。但买了画，听说了“链子桥”的由来，我的脸上像有个开关，一下子就变了，天黑了，断片儿了。

为什么？

“一座桥”引出一个故事，一个故事又引发了一段真实的往事，这个“往事”牵扯到一位父亲——只有我，我自己知道，我何以会如此的敏感？这“父亲”是谁？不是在说我吗？难道不是在说我吗？！

1998年9月，北京西城，新街口外，豁口北侧的小西天。

早上8点多钟。

不许进城拉沙子的卡车进城了，不许喝酒开车的年轻人酒后开车了，我的父亲——刺的一声，惨死在他的车轮下。

父亲的死让我觉得天都塌了！

那一刻我正在北京城南的天坛医院看牙齿，做着预约了好久才约上了的植牙手术。

我真想飞，从南城“飞”到北城！可复兴路、西二环，那个堵。

我内心快把天都哭塌了，让老天爷无论如何都要留我父亲一条性命，不要让他被一个鲁莽的、违法的、喝了酒的浑小子给带走。但是，我飞不了啊，车堵在路上每一分钟都把我和父亲从生的世界给拽开、再拽开。

到最后，我终于赶到了医院，但父亲走了，到底我也没有跟父亲见上一面。

我疯狂地大喊：“爸爸，爸爸，是我，是我，您快睁开眼睛看看，是我，是我啊！”

但有什么用？死亡的凛冽、决绝、残酷，不会搭理活人的任何哀号。

我站在匈牙利首都布达佩斯马加什大教堂的门前广场，愣着，有几秒钟、几分钟？钉子一样，迈不动步。

那一刻我还不确切地知道导游介绍的链子桥就是布达佩斯9座大桥中最古老、最壮美，也是最有故事的一座。在匈牙利人的嘴里，多瑙河被称为“母亲河”，而“链子桥”就好比“多瑙河母亲”胸前美丽的项链。一位匈牙利著名诗人曾经说：“哪怕和爱人在桥上只待15分钟，都会让你们充分感受到爱情的力量、婚姻的真谛，真正享受匈牙利人的浪漫。”

出钱修链子桥的将军叫塞切尼·伊斯特万，是一位伯爵。

1820年塞切尼伯爵担任骑兵司令，要赶到多瑙河对岸去参加父亲的葬礼，但因为天气不好，木制浮桥无法通过，他等了一个星期，到底没有见到父亲。伤心的他决心在多瑙河上修建一座桥，7年后这座桥建成，二战期间德军为巩固其在城堡山上的堡垒曾将大桥全部炸毁，二战结束后，大桥才“依原样”于1949年又重建恢复。

一声刺耳的刹车声，父亲没了。

他老人家死后，小西天（从豁口向北）到铁狮子坟一站地的地段，建起了一座人行过街天桥，黄色的，很结实，很好用。

每一次看到这桥，我都会想到我的父亲。第一次是这样，以后无数次都是这样。以至于好几年我不敢去。

但无奈，父亲死后我还有母亲住在小西天，因此每次回家我都不得不经过我父亲出事的地方，不得不经过那座桥。

父亲如桥！

父亲用他的生命换来了一座桥，换来了当地政府对其他过马路的人一个安全的考虑。从此那个地段再也没有出过事。而我的豪华欧洲之行，曾经我的骄傲、自豪，因为一座桥，不，两座桥，灰飞烟灭！

死，刹不住的“过山车”？

离我父亲突然的“走”9年之后，2007年9月9日，我的母亲又在北京一所很著名的中医医院里突然离世，说其突然，因为数天前老太太刚入院时还“并无大碍”，只是胃口不好，不想吃东西，所以到这家医院里来进行“调理”。

“调理”嘛，当然不必让人太担心。

母亲这辈子一直在搞教育，一生的梦想就是当个校长。1993年她和父亲从美国回来创办了全北京第一所私立双语幼儿园，老作家冰心答应做名誉园长，因此最开始幼儿园的名字是叫“中国冰心幼儿园”。但这个园毕竟要落户在北京，当时的主管市长就说还是以咱的“北京”打头吧，“冰”也有点凉，倒不如用冰心老人的处女作《繁星》来做幼儿园的园名——于是“北京私立繁星实验幼儿园”就在各方的鼓励和帮助下诞生了。母亲这个1951年北师大教育系毕业的老大学生——“硕果仅存的”（主管市长的话），也找到了为国发挥余热的舞台。

9月10日是教师节，母亲本打算在这一天回学校给老师们颁奖，但是快出院了，头一天，8日的下午，护工用轮椅推着她在医院的小花园里遛了个弯、透了个气，应该是有点“偶感风寒”了吧（可北京9月上旬的天还并没有多冷啊！），回到病房就有点咳嗽。医生顾忌她的肾不好，不敢轻易给她上抗生素，所以事后我们一直觉得这可能是导致母亲病情被耽误的唯一的原因。

当天夜里母亲感到憋闷，已经不能平躺下来睡觉了。

她的儿女没有常识，完全不清楚母亲出现的这种状况说明了什么，是不是危险的信号。

心想，好在人就在医院，再怎么着也都有医生给咱“保”着呢。

结果，母亲就这样在医院里半靠在床头，熬了大半宿。同病房的患者看到她实在是太难受了，就劝她：“嘿，老太太，别再撑着了，赶快给您儿子打电话吧！”这样家里人才知道母亲突然不好，怎么不好？感冒？有可能得肺炎？抗生素不能用，那还有什么办法？总之有办法，再怎么不好——也不可能想到有“性命之忧”。

这是当时大家的共识。

但是……

我接到通知是9日早上，当时我在香港，每天都给母亲打电话。

头一天晚上打电话，母亲说话已经有点费劲，我问“妈，您好点了吗”，妈说“不大好，医生不让我多说话”，我心想不让多说话就不多说了吧，还以为这是因为她咳嗽。

可等到9号早上我再接到电话，家人就说：“妈危险了。医院突然说让咱转院，说中医医院治不了了。”

啊？治不了了？

我当时急的，根本料不到事情会突然过山车一样“急转直下”。

我马上跟医院商量是否可以“推荐个医院”，我们平民百姓，胸中哪里有地图，说转院就有合适的医院可以去？但医院说“他们不管”。我说那就帮我叫个救护车吧，车上一定要有抢救设施！医院说这个他们也做不到——“通常我们遇到这种情况都是患者家属自己去找。”

天啊，这是什么玩意儿！

我远在香港，离北京还几个小时的飞机！

那一刻我手忙脚乱，额头、手心全是汗。

但救人要紧，也没工夫跟医院讲理！

我赶紧联系救护车，但是救护车还没找到，医院又通知了家属，说：“此一刻，病人哪儿也不能去了，根本就不能搬动，只能就地抢救了！”

抢救？就地抢救？

母亲79岁，除了肾，身体其他的方面都还算硬朗。平常上班、下班，管理着一所大型的幼儿园，有400多孩子。75岁时还自己坐班车，每天早上6：15一定出发，中午还经常吃不上饭，就靠那一段时间（孩子午休了），给老师们开会、布置任务、组织学习……十几年了，她老人家从来没有因为她的身体请过一次假，耽误过幼儿园的哪怕一件事。怎么，这说抢救就抢救，还只能“就地抢救”了？

抢救就是病危，病危了就是有可能——死人。

我找领导，请假，赶快买机票回北京。

但香港那天没票了，我只能陆路通关赶到深圳。

飞机上一路我都在分析着妈妈可能出现的症状，做了各种各样的思想准备，甚至包括要请长假回北京好好地陪上一段时间。

但是任我再怎么想，怎么分析，也想不到我妈妈会死。

“死”是多大的一件事啊，何况我们老太太人那叫坚强，“文化大革命”的时候在湖北五七干校，兜里揣着四个加号的肾病诊断书还上长江大堤去抗洪抢险。现在她要被江水冲走了？“就地抢救”了？

然而，9月9日的上午，妈妈还是“去”了。

我下午4点飞机落地，说好了由哥哥来接我，但一开手机，打进电话的是另一个朋友。我当时心里就咯噔一下，知道不好。跟着老公的电话也从香港打了过来（他当时也在香港工作），他说：“宝贝儿你别着急，千万别慌、千万要沉住气哈……”

开始，所有人还都想瞒着我，至少迂回一下，但我哪里会那么好糊弄啊？我知道大事不好了。于是镇静了一下立刻反问：“老公你别说那么多了，我没事。我妈呢，是不是我妈没了？”

一条丝缎，一旦脱手，飘落深渊，轻轻地，抓也抓不住……

这么快？就这么快！

妈妈在美国原本好好的，退休后也打算跟着妹妹长住了。但她看到很多中国人把孩子生在美国，从小只会说英语，对祖国没有概念，不接受中国文化；但如果把孩子生在国内，由老人带着，这样的孩子长大了又不会说英语——于是她就在朋友的撺掇下回到了祖国，办起了“双语幼儿园”，跟着还要办双语小学、双语中学……

无情的结果像座山，塌了，瞬间压扁了我。

这种感觉9年前我就有过一次——父亲车祸，悲从天降。

现在，扎人的钢钎又来了，一下子又扎进了我的心！

那天，我在机场，人有意识，但身体不知道在哪儿。

一边打电话一边赶着去取行李，我都不知道自己是怎么走到行李转盘的。

一种对命运的抗争强烈地堵在心里，但胜利的可能自知完全为零！

随后的9年里，我一直都以为母亲是因为年龄大了，胃口没有恢复，又感冒了，医生不敢用抗生素，所以引发了老人的肾衰、心衰、肺衰，最后，病魔像洪水般袭来，医生便没了回天之力——

但是，我哪里想到，母亲的死另有原因！

对，“另有原因”！她本不该死！

不要为我一人哭泣！

2016年8月30日，我在北京309医院采访肾透析病人，为了制作日后播出的《新闻调查——生命接力》。

这期节目讲的是中国器官捐献与移植的现状、成就，以及专家们如何呼吁要尽快解决的一些现实的问题。我们的节目需要采访几位透析的病人，因为他们正等着合适的肾源换肾。这一天，我就遇到了北京的刘先生，一位首钢职工，41岁，他同意边透析边接受我们的采访。

刘先生年轻力壮。一年前体检查出“肾功能不全”，很快就变成了“尿毒症”。现在，一个礼拜要有三天不得不到医院里来接受肾透析以维持他的生命。

我采访了这个人。他很爽快。

刘先生躺在两间透析大厅的里间，每一间大厅都有篮球场那么大，里面并排躺满了来透析的众多病友。

我坐在他的床头，小心地看着他左手手腕上插着不止一个输液针头，身边还有一台透析机，像饮水机那么高，他的手臂和机器之间有好几根红色的软管相连，那管子一望而知原本是透明的，这会儿之所以变成了红色，是因为一直有血液在循环，把刘先生的血抽出来、“洗一洗”，再输回去。

我说：“这就是‘洗肾’啊？”

刘先生说：“是啊。”一点也不紧张。

“那洗的时候——对，透析哈，难不难受？”我问。

刘先生说：“透完了当晚很累，但第二天就好，该吃吃、该玩玩。”

“哦，那还真是不错。”

我们的采访就这样有问有答，很自然，像聊天。

“可是不透析呢，不透析会怎样？”我跟着想到了这个问题。

刘先生说：“不透不行啊！我要吃饭、喝水，不透身体里的水分就排不出去，人就得肿，比如说今天我来透析了，回家之后体重是59公斤，第三天如果不来，体重就会变成61、62公斤，那人胀，就很难受。”

“可是难受了以后又会怎样？我的意思是说，一个礼拜在这（医院）耗三天肯定也很烦，如果哪次你万一忘了，真的没来……”

刘先生不等我问完，很快便夺过话强调：“那可不行。不透析，我人开始是吃不下饭、恶心，后来吃什么就吐什么；还有头疼，很厉害；再后来如果心脏水肿了，就憋得慌，身体躺不下，只能靠在床上，那人就很危险了……”

“危险？会怎样？有性命之忧？”

“是啊，有性命之忧。会死啊！”

啊？

——吃不下？恶心？

——吃什么，吐什么？

——头疼？憋得慌？

——最后身体躺不下，只能靠在床上……

天哪，这些症状、表现，我母亲在去世之前，不是一模一样？

我和刘先生聊着，脑筋岔出去，忽然就想到了我母亲。

天哪！

到2016年我采访，母亲离开我已经整整9年。她的去世已经成为一段历史，一段全家人都不得不放下又根本放不下的伤痛。

但刘先生所说的“症状”，和我妈妈最后的情况，简直相同，那我妈妈……

9年的时空突然被压缩、消失——

很多记忆的碎片过去不理会，现在一下子都突然串连了起来——2007年9月8日，星期六，医院人手不够，家里人转述：开始医生说“周末没有人会使用透析机”，到后来他们又说“我们是中医院，根本就没有床边透析机”……天啊！

肾功能不好，一旦感觉心脏憋了，不能平躺，那是个很危险很危险的信号。

此刻“血透”必须跟上，这是常规的手段、救命的手段！

但这个常识，病人和家属不懂，妈妈和她的儿女都不知道“要命”的时刻近在咫尺！

可是病人和家属不知道，医生护士也不懂吗？不，他们应该懂！都应该懂！

只要血透，情况就会好转，病情就可以控制，根本不至于死人，离死还远着呢！但是不透……这个简单的动作，医院为什么不给妈妈做呢？

我们无冤无仇，我们没有欠款。

我开始推测：一家国有的、著名的大医院，没有透析机，周末没有人会操作透析机？这些都可能吗？应该吗？不是在开国际玩笑？！

不，不，我不是在推测，我简直就是有理由怀疑我妈妈的死，不是什么胃口不好，不是什么只应该调理，一开始她就是肾出了问题，医生对病人潜在的危险掉以轻心，或者说干脆就是“误诊”啦，然后才导致她最后在医院里竟躺不平、睡不下……

“妈妈的心脏是被憋炸的、憋炸的！”

这念头一出现，我的头也炸了。

如果不是遇到了刘先生，如果刘先生不是偏巧跟我母亲一样都是肾有问题，如果，如果我没有采访，没有问到这个细节……或许，我永远都不知道妈妈的死是什么原因，有可能是什么原因。

医院怎么可以这样做？怎么可以对病人如此粗心？

她背后站着一位或几位“杀手”，至少是没有故意杀人动机的“间接的杀手”？

我的面前，刘先生还在说着“不透析”的种种结果，一些更细的细节，但他没有发现，那一刻我已经听不进去了。

结束采访，我炸开的脑袋不知道被什么兜着。

一路回家一路想，怎么办？怎么办？

去医院跟院方理论吗？吵架吗？

9 年了，当年的主治医生是谁都记不住，也不一定能够找到。而我就是找得到，就是医生真的对我妈妈没有给予百分之百的尽心，妈也没了，打官司，“血拼到底”，就算能打赢，也换不回她老人家的一条命——这么一想，几天下来，我又觉得浑身一点抗争之力都没有了。

采访过了一段时间，我还经常提起母亲——“不该死”“怨”！经常说到患者在医生面前完全被动，生命掌握在不同的医生手里，命运就有了天与地的巨大不同……

可是有一天，女儿出声了，我的女儿。

面对我这个“祥林嫂”，女儿说：“妈啊，您以后别再这么想，也别再老这么说了。外婆是一个要强的人，她老人家生平最怕的就是给人添麻烦。如果当时医生没有渎职，没有耽误时间，透析了，把外婆从死亡线上给拉了回来了，那又如何？那以后呢？以后她还要面对每周三次去医院洗血，一去就是一天，人活着没意思，生命也没有质量，幼儿园的工作也不能主持，自己的病还要由儿女们分担透析费（当年的医保还不能报销）。那绝对是不符合外婆的心愿的。与其那样，说不定她老人家还宁愿‘就这样’选择——快速地离去……”

啊？女儿这样说？

这么冷血！这么“清醒”！我睁大了双眼。

但女儿有错吗？

仔细一想，没错。是我从来没有站在这个角度上去思考过问题。

阿 Q 了吧？女儿，你是想让妈来做一做阿 Q ？

……

母女没有争论。

争论来、争论去，妈、外婆都没了。

所以不争。

……

再过了一段时间，我反复琢磨女儿的话，慢慢地，我不得不承认：女儿、母亲，其实她们对于生命，包括对于死亡的理解，是走到了我的前头去了。

面对母亲的突然离去，我光想着不能让母亲走，只想着要让她活。但母亲自己呢？怎么想？

活着？如果这种“活”是要靠透析，靠等待换肾，就算有幸等到了肾源，但手术、恢复、抗排异、防感染，等等，这种“活法”也很艰难，是她老人家愿意的吗？

况且，我拍电视，写文章，采访了那么多的人，就是要倡导“生命教育”“死亡教育”，如果我仅仅陷在对母亲遭遇的愤愤不平上，只陷在这一个层面，我的研究还怎么推进？怎么能够为了更多的人把探索进行到底？

妈妈啊，我不能只为了您停下脚步，您的在天之灵也一定不会希望我只有这么大一点点的胸怀。

太多太多的话还没有说清，太多太多的思考我还没有打开扇面。

“是啊，不要只为了我一人哭泣。”母亲这样回答我，有一天，她在梦里说。

她的音容笑貌就在我眼前，她生前喜欢花，说这话时母亲就“陷”在一片花海当中——

“我会怎么想，你应该是知道的啊？人活着要有尊严，死，也要有尊严。”

我说：“知道，知道，妈妈我是应该知道的。”

梦里都是花，梦醒了都是泪，但悲痛要把我变得坚强，我知道这很难，但我别无选择。我得去做该做的事，这样才能不辜负母亲，才有可能作为她的女儿延续她生命的阳光。

我，真的醒了——

让《医学常识》成为“必修课”！

不观察死亡，你就不会觉得它其实就站在离我们不远的地方。

不体会死亡，或者说没人为我们去间接地体会死亡，我们就无法透彻地理解“死亡”的全部内涵，当然也就无法接受诸如《生前预嘱》这样的办法所提醒我们应该如何对死亡未雨绸缪，设计好方案。

解不开生死的难题，医学、哲学、法学、伦理、自然法则的，就先放下，但“生命教育”不可或缺，特别是“正视死亡”，这一步已经迈到了很前沿的阵地。

有一天我在想，面对生死一些人很勇敢、很明智，如果做一个大致的统计，勇敢且明智的都是一些什么人？什么年龄？男人还是女人？受过什么教育？从事过什么职业？其中，仿佛医生居多。

医生太知道“生死的边界”在哪里了，什么情况下只有“必死无疑”，什么情况下抢救还有“生还的可能”。而这一切我们普通人都不知道。

所以有一天我继续想：

我们中国有十几亿人，有那么多学者、作家，我们是否也有人在思考这些问题？思考“人的生死”以及被这个残酷的命题所关联起来的健康、疾病、情感、精神、死亡与日常起居？

所以我想：我们中国为什么不能在我们的中学，或者最晚在我们的大学，开设一门必修课，一门叫作《医学基本常识》的课，告诉我们一些生死的指标、信号，从而帮助我们判断我们应该怎么去做？

不要对生命轻视，也不要给生命带来无妄之灾。

是不是常听人说：

“出了一身大汗的人不能立刻就去洗凉水澡”？

“好汉顶不住三泡稀，此时你必须马上补充水分”？

“后背疼、后背紧，这是心脏出现了问题的一种反射”？

“莫名其妙地抓不住东西或走路走不直，这是心脑血管发出了警示”？

“高血压高压超过 180 必须卧床，否则你可能有性命之忧”？

……

是！

可是我们只是“听说”，不是来自老师、不是来自学校那样“正式”的教育。

1988年我在京郊的一个休疗所集中时间“猫”着写我的《疯了龙年》，天热，晚上遛了弯，没让身上的汗落尽，就换了一身游泳衣，扑通一声跳进了院子里的游泳池。之后，我抽筋，两条腿疼到无法自控，越挣扎越厉害，想上岸根本就靠不到泳池的边。当时如果不是正好有人在侧，看到我的样子、听到我的叫喊，马上把我从水里想法子给“捞”了出来，我的小命也就完了。

相比较抽筋，心脏病是一个多么可怕的杀手？但心脏病发作有没有特征？有很多特征。我们知道不知道？哪一样我们都不清楚。

说来也是微信，2018年年末的一天，我有朋友在我们同事群里发出了这样的一条提示：“心脏病发作是什么感受？”看看美国《预防》杂志网站曾经邀请的11位心脏病发作幸存者的现身说法：

1. 格罗利亚（49岁）：

“我感觉从后背开始有抽痛，然后向上蔓延到脖子，接着下巴也开始了抽痛，呼吸开始困难，也就是嗓子发紧。这种不适医生告诉我是心脏病发作，我难以相信，因为自始至终我的心脏都没有疼痛。”

2. 卡罗尔（55岁）：

“刚开始是胃疼，然后感到胸部有种刺痛，本以为是吃了变质的食物所引起的食物中毒，随后，我有点头晕目眩且恶心呕吐。”

3. 谢丽尔（63 岁）：

“当时我正在刷碗，突然感到双臂疼痛；疼痛始自右臂，然后移动到左臂……”

4. 斯坦尼（71 岁）：

“我感到喘不过来气，这种感觉太糟糕了！随后开始大喘气，就像是肺功能完全关闭了……”

5. 多丽丝（57 岁）：

“我本以为那是烧心，因为我经常犯这毛病。”

6. 马蒂（67 岁）：

“当我心脏病发作时，并没有心前区疼痛，这和我印象中的心脏病发作差距太大了。相反，我只是感到恶心，像是要把吃下去的食物都吐出来。”

7. 雷切尔（63 岁）：

“我也是。本以为是胃酸反流，想忍忍就挺过去了。然而，随即就昏倒……”

8. 乔安妮（67 岁）：

“一个多星期里我一直感到筋疲力尽，虚弱得只想躺下来休息。刚开始以为是染上了什么传染病，我尝试想多睡会儿，但感觉还是不好。最后促使我去医院的原因是憋气，家里的楼梯我已经爬了 40 多年，但突然间我就爬不上去了。”

9. 罗斯（55 岁）：

“我在深夜里醒来，有要吐的感觉；起身后左臂就麻木了；然后，我感到左侧胸部下方有轻度疼痛。疼痛并不令我害怕，但那种麻木感，更痛苦。”

10. 斯提芬妮（50 岁）：

“我刚把孩子送到学校，突然感到肩胛骨之间的上背部疼痛，痛感很强烈；然后就是恶心、出汗。我才 46 岁，身体一直不错。”

11. 莉莉（82 岁）：

“我感觉有什么东西紧紧压在胸部，它并不是疼痛，只是一种强烈的不适感，这种挤压越来越强烈……”

以上 11 个人，心脏病发作的状况都不算“惊天动地”，但都是因为没有忽视才保住了性命，如果有人忽视，或一点心脏病的常识都没有，那那个人……

1995 年，我初中同学的妈妈，热心肠、好心人，自己头都晕了，知道是高血压高到了一定的程度，但没有常识，又答应了给邻居老爷子去理发，心想不能食言，结果就忍着头晕去做了，结果头没有理完，自己就倒在了邻居家的沙发上，经过抢救，命是捡回来了，但从此半身不遂，不能下床，不能出屋，以后 30 年的生活，都不能自理。

还有，2015 年 9 月 29 日，我中午刚要小憩，习惯性地看了一眼手机，我的天啊，有人在微信群里贴出了一篇《悼知己杨帆》。杨帆？谁？我的战友吗？不，那不仅是我的战友，还是我的弟弟，像亲弟弟一样的一个小战友，拉手风琴的，他的琴拉得疯狂、投入，是用生命在拉，永远不坐，就站着，站在舞台的正中央。

这个人就是杨帆，电影里一首手风琴音乐《山楂树之恋》是他的作品，感动了多少人！

几十年的奋斗，如今“神奇手风琴艺术家”杨帆，在中国有名，在世界也开始有名。他计划用几年的时间完成在全球的“巡演”，但是，上一站，我听他的身边人说，在德国演出的时候，他几次谢幕，观众叫好，他衷心感谢，掌声、谢幕，掌声、谢幕，最后终于走下了舞台，但不知为什么，人走得好好的，就突然摔倒了。

后来到了北京，在浴室，他不知又是因为什么原因，还是“好好的就意外地摔倒”……

原本，这些都是身体的“信号”，心脑血管出现了问题的信号。如果有常识，杨帆就不会因为脑出血而匆匆离开了他的父母家人、战友朋友、观众学生以及他万分喜爱着的手风琴艺术！只是杨帆不知，没意识到“有危险”，没有马上去“看医生”。

杨帆才 52 岁，他的生理生命、艺术生命都刚到中年，本可以大放异彩！

但是，就是因为没有常识，杨帆“走”了。

我们没有常识，对于生命、生死，我们自己仿佛不情愿地多做做学习、多做做研究。同时，我们的学校也从来没有为我们开设过一门叫作《医学基本常识》的课程。这导致了我们对生命的走势是盲目的，我们对死亡的信号也是视而不见的，甚至根本就不知道生命在何种情况下曾经给过我们明确的求救。

天，中国人可以上九天揽月；

地，中国人可以下五洋捉鳖。

但有关生死的一些基础性的保护与抢救，我们连幼儿园的学历都没有。

这不是畸形吗？畸形得不得了！

所以我想，有一天我突然抑制不住地开始琢磨这件事——我要是教育部部长，当时我就会把手头的一切事情都放下，立刻召集人开会，商量并具体落实在九年制义务教育中，安排《医学基本常识》的课程，中学不行就大学，大学开设了还不够，大学以外还要在社会上开办一系列的讲堂与讲座，让每一个中国公民都有机会接受生命和死亡的相关知识的培训。

1976 年唐山大地震。

2008 年汶川大地震。

那之后，中国抗震救灾的各种演练、各种逃生的技能便成为了社会教育的刚需——如何防火、如何灭火、如何自救，我们都有讲座、培训、演练和模拟。

但生命教育呢？

地震、火灾不是常常发生，一发生就是大事，是群体事件。所以我们重视，我们各级政府、机构都在普及常识。可是如何防止猝死？如何明确生命危险出现时的几种征兆？生活里哪些事情是非常危险的？哪些离死亡只有一步之遥？我们很多人都是因为没有常识，于慌乱中丢了性命，这样的悲剧难道还有理由任它重演、再重演？

“生命零教育”，这个缺欠比天大，因为人的生命比天大！

每一个人的生命和死亡是他自己的事情，但“每一个”又都是一个世界，是一个家庭中的“天”。“天”不该塌而塌了，这对他的全家，难道不也是地震？天灾？意外？意外到连这是不该发生的意外我们都没意识到。

对于“枉死”，如果你不懂不知道，那科学再进步、生活再美好、兜里再有钱，又有什么用？都和你无关。

恶魔，连孩子也不放过？！

如果没有研究死，我对它只有恨，只有怕，但研究了死，我懂得了生命与死亡本是“一体”，于是我转变了对死亡的态度。只是这个“死亡”不要把对象对准孩子，一旦有儿童因为重病而意外地死去，我对死亡的“仇恨”还是会立刻复燃。

几乎所有倡导《生前预嘱》、“缓和医疗”的人们都赞同：“不敢谈死，其实是在逃课。”但生病，死亡，不以我们的意愿为转移，也不仅仅是成年人的“专利”。目前在我们国家，万分之二至万分之四的儿童会有机会不幸罹患白血病。白血病俗称“血癌”，极其残酷。尽管他们当中有八成的孩子可以治愈，但剩下的那二成呢？还是会走向死亡。

这些孩子，他们如破土的嫩草、初结的花苞，还没有机会伸枝展叶，吐露芳馨，还没有品味人生，就要在家长的面前一个个枯萎凋零，绝望的过程还要相伴疼痛，永远没有尽头的疼痛。叫喊，挣扎，叫喊，挣扎！如此情景，是慢刀子割肉。父母的心，救不了孩子，也替不了孩子……那真是叫天天不应！叫地地不语！

2017年10月，国庆、中秋两个节日恰巧碰到了一起，9日一上班，我就跟着《儿童舒缓治疗》的摄制小组飞赴上海，走进了上海儿童医学中心，在这家医院进行了一系列的白血病治疗采访。

我们的镜头，这次对准了孩子。你不到医院不知道，一到医院才惊觉：这医院怎么会有这么多的患儿呢？一个个“小光头”，一片片“小口罩”？哦，可不是嘛，都是白血病。都集中到这里来了。医生们正在忙着帮助小朋友跟死神抢时间，讨价还价，争斗或者妥协。

第一天，我建议编导：“医生、院长咱们什么时候都可以采访，先见见孩子们吧。”于是我们首先走进了一间儿童舒缓治疗的“安宁病房”，这种病房什么意思？当然就是“安宁疗护”“临终关怀”。

一个叫小洁的5岁女孩，躺在床上，没有哭，也不闹，正静静地挨着与父母家人终有一别的那最后的一刻。

“白血病”，不同于我们有时会听到的“败血症”，那不同。前者是恶性肿瘤，后者是炎症。

“白血病”是癌细胞长在淋巴、骨髓，以及和全身相通的血液里，很难治，治疗过程也很痛苦。因此当我问起家长，“您的孩子是怎么了？”所有在医院里碰到的人没有一个会跟我说他们的孩子是得了“血癌”，都只说“肿瘤”，不约而同地回避着那个字——“癌”，对于家长：孩子得了“血癌”就等于全家撞上了“魔鬼”！

不到两岁，小洁就被诊断出得了“高危型急性淋巴细胞白血病”，随后全家人就跟着这个孩子开始了长达三年的治疗。

在这三年的时间里，孩子经受了13次放、化疗以及相关的诊治，头发掉光了，呕吐、衰弱，身体的免疫系统几乎全被摧毁。但即便如此，停药后不久，病又再次复发，且癌细胞随随便便、堂而皇之地就转移到孩子的脑子和骨髓。面对这种情况，父母决定停止治疗，把女儿送进上海儿童医学中心唯一的一间（也是全中国唯一的一间）儿童“安宁病房”。

这间大海中孤帆一样的“安宁疗护”病房有一个好听的名字——“蔚蓝星球”。

小洁的妈妈对我说：“我们再也不能继续豪赌下去了。”我明白妈妈说的“豪赌”是什么意思，就是不要再对“可治愈”的治疗心存幻想（医生也说没有“治好了”的先例），在这条路上孩子不分日夜，不分里外，苦不堪言，家长也手忙脚乱，束手无策，肝肠寸断。所以他们要接受“舒缓治疗”，这里的“舒缓”和成人的“缓和”是一样的，都是旨在缓解患者或患儿的身体不适以及家属和家长的心理痛苦，是“缓和医疗”的儿童版。

小洁的妈妈在跟我说这些话的时候，她戴着口罩，我也戴着。我们就在小洁病房隔壁的一间儿童游乐室里架起机器，面对面地谈着。

妈妈的眼泪不停地流，流进口罩，忍不住用手在鼻子两翼捏啊捏的，但口罩的底部，我知道已经汪了很沉的泪水。

“怎么办呢？面对现实吧。现在全家人只有一个念头，就是只想让孩子走得好一点，不那么疼、那么难受，安静一点、平静一点……”

其实在浦东上海儿童医学中心，我见到了 4 位小朋友，都是患了急性淋巴性（或髓性）白血病的。其中 3 个女孩儿还在医治，1 个男孩儿已经过世。

这个男孩叫睿睿。

睿睿妈不像小洁的父母，开始我听医生说她即使是明白了儿子已经接受不了任何大剂量的放、化疗了以后，还是忍痛坚持“要给儿子治”！她要儿子忍着！她觉得命比疼痛更重要。甚至有一次睿睿的妈妈竟然跪在主任办公室的玻璃门前，她用这种方式求医生，“不给我们化疗，我就不起来”！

面对如此的父母，医生和护士都说：“了不起啊，很了不起，其心、其爱真是感天动地！”但医学就是医学，医生“回天无术”，他们心里也很难过。

后来经过沟通，医生总算是答应给睿睿化疗，但是考虑到他的承受能力必须减少剂量，这实际上是已经开始了“舒缓”治疗了，只不过即便如此，小睿睿的身体还是没能扛住累积在一起越来越重的药物的打击，不久以后就走了。

为了真实地了解睿睿父母当初的想法和现在对“儿童舒缓治疗”的看法，我们摄制小组在结束了上海的采访之后，又专门赶去湖南，在岳阳市的湘阴县，见到了睿睿的妈妈。

“其实当时我们也已经知道了，孩子再怎么治疗也治不好，睿睿过世时已经10岁，之前身体壮壮的，但是生了病，一路放疗、化疗，还有清髓、骨髓移植，等等，已经把孩子折磨得最后只剩下一把骨头！”

我委婉地向年轻但又满脸憔悴的妈妈问：“那一开始你怎么不接受‘舒缓治疗’呢？”

睿睿妈瞪大眼睛，大颗大颗的眼泪珠子，雨点一样地往下掉：“还不是就为了那一线生机，一线生机！”

记得还是在上海的时候，我采访了上海儿童医学中心“舒缓治疗”的领头人王坚敏，这位朴实善良的中年女医生告诉我为什么儿童也需要“舒缓治疗”，为什么儿童一旦得了“白血病”等严重的疾病，往往要比成年人更可怜。

“因为儿童说不清自己的症状啊，不知道如何表达自己的难受啊。他们只会哭，只会撕心裂肺地对着自己的父母哭喊。而守在‘这样的’孩子身边的家长，度日如年，心如刀绞！有的人自己都快疯了！”

“所以舒缓治疗的对象不仅仅是针对孩子，也包括针对孩子的家长，是吗？”我问。

王大夫说：“是，家长不知道怎么帮助孩子，所以舒缓治疗首先是要辅导家长，比如说疼痛。我们要让家长明白，孩子的疼痛是需要被重视的，其次，帮助孩子学会‘疼痛表达’，这就涉及‘疼痛管理’和‘疼痛干预’。”

“什么是‘疼痛表达’‘疼痛管理’？”我问。

“‘疼痛干预’怎么干预？”我又问。

王坚敏回答：“关于‘疼痛表达’，我们有很多的办法。比如你来我们医院就会看到我们的医生和护士工作服的上衣口袋里都有好几张小卡片，其中一张上面画了很多的小人脸，这些‘小人脸’从笑到哭，就都是为了让孩子们学习表达自己的疼痛。比如‘小人脸’笑了，当然就是不疼；‘小人脸’皱眉了，就是有点疼；‘小人脸’哭了就代表疼；‘小人脸’要是哭得很凶，也就表示疼得很厉害——这样就是引导孩子，再结合他们过去手被割破了、拉肚子、胃疼等等的经历，孩子们就能懂疼；然后再匹配1到10的分数，让孩子们形容自己此刻是疼到了什么地步，比如2分、4分，还是6分，医生就可以根据孩子的‘反应’来掌握什么时候给孩子用药、用多少。”

成人现在都开始有权要求自己不疼，何况孩子，我们确实不能听任孩子因为疼痛可着嗓子痛哭而不想出任何有效的办法来帮助他们！

走进上海儿童医学中心，说老实话，我明显地感觉到这里的环境和过去我印象中的所有的"儿童医院"都不一样。这家医院从大厅、楼道，到病房，到处都宽宽敞敞、明明亮亮的。墙上的颜色十分柔和，或浅黄，或浅蓝，或浅粉，或浅绿，到处都可以见到儿童的图画，卡通的摆设，乐园的气氛。除此以外，每层楼的病房还都有一个儿童活动中心，这种"活动中心"设在医院干什么？目的就是让孩子们能经常地聚在一起，或游戏，或画画，或听志愿者阿姨们讲述各种各样有趣的人和故事。总之大家在这里你也口罩我也口罩，你也光头我也光头的，人人都一样，谁也别说谁，就都不感到孤单、害怕了。

"我们就是想把医院办得像学校、像幼儿园。"副院长季庆英女士在接受我采访的时候这样强调。

我说："知道！因为大多数患儿，一旦得了'白血病'，就怕被感染，所以不能出门，不能上学，不能去幼儿园、公园，以及一切人多的地方。"

季副院长说："对，所以在孩子内心最恐惧的一角，其实就是孤独。"

"我们医院把患儿经常聚在一起，这样对孩子好，对家长也是一种帮助和安慰。"

……

这样的警察，请来一打！

有人活着，生怕自己死，无病呻吟、小病大养，惜命如金；

有人重病缠身，快死了，生怕惊着别人，轻轻地离去，多一声也不吭。

这是反差极大的两种表现，个性使然，还是心胸使然？

2018 年 1 月 13 日，杭州发生了这样的一件事：

下午 2 点多，家住杭州城北一个居民楼的白衣女子被邻居发现跑到了 15 层的楼顶，边哭边打算跳楼轻生。

邻居——一对好心的中年夫妇，循着哭声找去，发现了她，上前一把将其拉住。

只是这个白衣女子任凭邻居怎么劝，也不听，挣扎着就跨出了外墙，脚下只踩着一条窄窄的检修平台，整个人身体像被“挂”在了楼外。

楼内，知道自己的老婆正在寻短见的丈夫，据妻子后来说，他一直就在屋里，不出来劝，就是不出来——“他就是想让我死”；

而此刻，危急万分，因为有人报警，正在值班的杭州石桥派出所的民警汪豪斌很快赶到了现场，二话没说，翻身就下到白衣女子脚踩的楼外台阶，先用手抱住了她，然后把她的身体使劲地往上托。

此事发生后半年，7月1日，央视《今日说法》做了详细的报道。我是在家中看到的。心想：哦，“七一”了，党的生日，媒体播播好人，好邻居、好民警，这很自然，也很好。

不过，整个节目看下来，我无语了，不想思考也停止不了思考。

于是，我找了一张纸，拉出来了一张表，在表里列出了四种人——轻生者、救人者、丈夫、民警。

这四种人，面对生死，有四种表现。

为什么不同？

这“不同”又说明了什么的“不同”？

白衣女子要轻生的居民楼有15层高，距地面50多米，要是摔下去，没有什么“不堪设想”，只有死亡一种结局。而她要往下跳的时候，肚子里还怀着孩子；

好心的邻居不忍，就是不能让一条生命活生生地就这样离去，其他的他们当时都没想，就是要把白衣女子赶快救下；

跟着，民警到来，大家松了一口气，但人们再怎样也没有料到，这位民警，汪豪斌，到了现场，他只是将头向楼顶的外墙下面看了看，二话没说，一秒钟的犹豫都没有，便不顾个人安危，一个翻身跃出墙外，赶快救人！

事后，有人搜索出这位民警的身世，发现他只有26岁，穿上这身警服前曾经在八一体操队受过训练，所以很快就给他起了个名字叫“体操哥”。“体操哥”能够身轻如燕地翻身站在楼外，这跟他曾经的训练有关。但那楼外的平台有50多米高，结不结实？万一平台不结实，万一自己没站稳，万一白衣女子稍有挣扎，他也会被带到楼下粉身碎骨……

救人的一幕都被对面楼上的有心人用手机视频给记录了下来。

那楼外的平台，推到特写：其厚度，从镜头里看也就一两块砖，宽，也就是一个多脚掌，大约四五十厘米，而且完全没有护栏。

好家伙，想想多可怕！

“体操哥”在抱住了白衣女子后的差不多一分钟，轻生者终于在邻居、保安、民警的多方合力下被拽了上去。

汪豪斌做完了事，就去接着忙别的工作了。

白衣女子倒在邻居大姐的怀里嗷嗷大哭，还在不停地控诉，说她为什么要跳楼。都因为她老公在外面有了女人！她是那么爱他，他却在外面乱搞！

邻居劝：“你丈夫已经那样对你了，你为什么还要为他去死，这不是作践自己？”

可白衣女子更委屈，继续说她自杀的时候，她的老公其实就在屋里，意思是明明知道她要寻死了，也不上来救！

邻居大姐还劝："以后不管怎样，你都不可以想到死了。生命只有一次，你看为了救你，这么多的人，尤其是我们的民警也冒了那么大的危险。而且再有 1 分钟，如果民警没有及时赶到，你知道吗？我们也已经撑不住了、拽不住你了。"

记者采访了邻居：

"那天出手相助的那一刻，你们有没有想到过后果？"

"万一人没救下来，你们会不会反倒被家属怀疑'刺激'了轻生者？"

还有民警："当时你有没有想到你的行动有多危险，迈出楼外救人的同时，自己也正在面临着死亡的威胁？"

邻居和汪警官都一边摇头一边回答：

"当时我们（我）没想那么多，当时真是没有想到那么多……"

"而且，虽然轻生者和我们素昧平生，可咱怎么也不能眼看着不救，或只想到要怎么去保全自己啊！"

邻居和民警的话都非常实在，谁也没有自居英雄的惺惺作态。

我很感动。

这应该是人的本能，第一反应。

但事后，“你们真的一点都不后悔，真的就没有一点点的‘后怕’？”

记者又问。

邻居和汪警官也都回答：“‘后悔’？那倒没有，但是说到‘后怕’，还是有一点，有一点点的。”

生命太宝贵了！宝贵到一跳下去就命赴黄泉！

这个概念出现在邻居和汪警官的脑海里，首先压倒了一切私念。

不过，看了节目，我后来一直在想：生命固然宝贵，可同样是面对宝贵的生命，为什么白衣女子却要轻生？今天的“轻生者”似乎并没有因为生活“更美好了”而比过去减少了。

今天，在外面的社会，“轻生者”往往都会受到大家的同情和可怜，但是大家有谁曾经想过：“你把生命看成了什么？”

丈夫出轨、爱人背叛，考学未中、求职无果，甚至可能贫富不均、生活失意，你以命相搏，这管用吗？你有这个权利吗？

没有。也于事无补。

我们的社会，整个社会都从来没有顾及“生命的权利”，都没有强烈的概念“生命是有权利的”。这是一种现实，也形成了一种习惯。但这习惯对吗？

白衣女子事后被带到派出所，当着很多人的面还在给自己远在外地的妈妈打电话，说自己有多么多么的冤，说她“受不了了”，“也顾不了那么多了”。

但我观察，白衣女子从头到尾也没有说一句对邻居的感谢、对民警的感谢、对众人的感谢，同时也没有说一句对父母的歉意——爸爸妈妈把我养育成人，我如此轻生，对父母会带来多么大的伤害？！

我们的社会出了问题了！

白衣女子为了表达自己的冤屈，欲跳楼自杀，并且连着肚子里的孩子一同赴死，这要不要负法律的责任？

孩子是无辜的，这条生命“你有权利处置吗”？

还有，那一天一直蹲在屋里的丈夫，事后民警使劲地去敲他的门，丈夫为什么就不出来给民警开门？为什么不解释解释当时他妻子“正在轻生”，他自己怎么能一个人还在屋里坐得住？妻子和孩子的生命，在他眼里又是什么？

或许在这件事上，白衣女子并不是真的想死，她只是想用死来威胁丈夫，但即使是这样，生命也不能被轻视到只能做抗争和诉冤的工具。

白衣女子和她的丈夫对生命的漠视，至少暴露了我们社会中生命教育的缺席。而就在今天，很多轻生者还都以为“我把命都豁出去了”，可见我有多冤、多么悲剧、多么伟大。仿佛只要死，你就占去了所有的理。

但你的冤屈和悲壮，不能拿生命来陪绑。

这个道理多少人知道？！

又有多少人想到？！

事后，旁观的网民不断地赞美好心的邻居，尤其给汪警官点赞，说：“这样的警察，请来一打！”但我没有见到网民普遍地在谴责轻生者：你想没想过“生命的权利”？你对生命、对自己，还有你肚子里的孩子……你这样“以命抗争”先不要说管不管用，就那样轻易地走上楼、跃出墙外，然后准备跳下去，你就没有错？你对吗？

轻生，你没有这样的权利！

2018 年 6 月 20 日下午 3 点左右，甘肃庆阳市西峰区一座百货大楼的广场前，很多人在围观 19 岁的女生小忆“往下跳”的全过程。有人把拍摄的视频不断地发到网上，有人起哄看热闹，还有人不怕触怒天条干脆高喊：“嘿，都 3 个小时了，（你怎么）还没有跳下来？！”

我无法形容当我看到这期节目中出现的这样的人、这样的人性，我是怎样的愤怒、恐惧，差不多惊到周身的血液都要僵住了。直到参加救援的消防队员怎么劝也没劝住，怎么拉也没拉住，女学生突然推开了他的手，执意从 35 米的高度飞身落到地面上，这位消防队员，一个大男人——失声大哭，我的眼泪也才突然冲破了一扇闸门，夺眶而出！

这世界怎么了？怎么会这样？！

人们为什么要如此地对待生命？

女学生小忆纵然有如山似海的冤情，也不该拿自己生命的破碎来做证啊!

时间回到两年前，2016 年 9 月，小忆还是甘肃省庆阳市某中学一名刚刚入学的高三学生，5 日晚上，班主任吴某看到小忆胃痛，一个人在补习老师的房间里休息，就进来问候，跟着突然抱住了她，用嘴强行亲起小忆的脑门、脸颊和耳朵。这个动作，很明显是猥亵。19 岁的小忆，没有思想准备，但她知道这是受了极大的侮辱，于是大喊、挣扎。后来其他老师很快推开了房门，猥亵者的兽性才被迫终止，不然还不知会对小忆带来何种更大的伤害。

事发后的第二天，学校召开紧急校长办公会，停止了这位班主任的任课，撤掉他的班主任资格。但接下来的小忆，不仅依然还在恐惧中煎熬，而且时不时地还能看见这位“老师”，同时还能不断地感到来自同学们的议论和猜忌。

面对媒体，小忆的父亲曾经这样说：“就是在出事后的第二天，猥亵者名义上给小忆道歉，但实际上那场谈话更给女儿带来了威胁，比如，这位老师说：‘你看这个事情如果张扬出去，我都五十多啦，没什么，可你还年纪轻轻，对你不好，那你将来可咋办呢？’”

小忆的父亲，面对镜头，更不忍心回忆：“事情发生以后，我看到她整晚整晚地睡不着觉。有时晚上终于睡着了，也会一下子惊醒，喊。我听见她喊。跑进去一看，女儿就在床上打哆嗦……”

无奈之下，小忆不得不离开学校，由父亲带着她一边看病，一边求助法律。

但是法律……

开始他们曾给市人民法院提交了控诉状，之后又上告到区检察院、市检察院。

但是时间到了 2017 年 5 月，庆阳市公安局西峰分局认为吴某的行为是构成了猥亵，但做出的处罚决定只是对吴某施行“行政拘留 10 天”。

小忆不服，认为这样的处罚只能加重对她的伤痛，再次上诉。但 2018 年 3 月，当地检察院对吴某涉嫌强制猥亵案件做出了不起诉的决定，检察院也认为吴某的情节显著轻微，不构成犯罪。2018 年 5 月，庆阳市人民检察院做出决定：维持西峰区人民检察院对吴某不起诉的决定。这起案件仿佛告到这里就已经走到了头——走投无路了！

从那以后，小忆的精神便彻底崩溃。她抑郁了、绝望了，不止一次地“不想活了”。

2018 年 6 月 20 日的下午 3 点钟，她来到当地百货大楼 8 层楼外的平台上，准备跃身一跳。谁接近她、想开导她，她都会说：“走开！都是骗子！”直到曾经于此前已经“救过”小忆一次性命的庆阳市公安消防支队西峰区中队中队长许积伟的出现，或许许队长是熟人，或许小忆认识他、信任他，小忆的情绪才稍显平静，但是“波动依然很大”。

终于，晚上的7点15分，小忆突然推开一直保护着她的中队长的手，一头跃下，许中队长撕心裂肺的哭喊就永远地定格在了残酷、无奈与绝望当中。

……

小忆到底还是“走”了，死之前她曾经发微信到朋友圈，说：“一切都结束了，就让我轻轻地来、轻轻地去。”

我很同情小忆，很同情小忆的家人，但我也很生气、很愤怒——小忆在临死之前还能如此地懂得诗意。但小忆的行动不是诗，“你的‘轻轻地去’带走的可是一条生命”！

我知道小忆是绝望了，但小忆对生命有没有误解？

为什么你“有理不能走遍天下”？即使不能“走遍天下”又如何？

不要啊！无论这世界怎样对不起你，你都不应该用生命去反抗、去交换！

一直保护你，本以为这一次还是能够把你从死亡的悬崖上给“拉回来”的消防队员——中队长许积伟，为什么在你“轻轻地离去”了之后会痛哭失声？他哭什么？哭自己到底没有拉住一条鲜活的生命？哭自己几乎就要成功了，但忽然之间一切又都变得前功尽弃？

谁之过？谁之罪啊？

生命被小忆以“跳楼”的方式自己处置了，如果排除是疾病使然，那小忆有权利吗？

我从来也没有见过一个救人者，好心的公职人员，面对惨剧会这样地经受不住。

如果我是记者，如果我在现场，我一定会追问："中队长，你究竟为什么哭？"

或许，许队长的失声痛哭有太多的不解：

他不解一个刚刚 19 岁的女学生在受到了委屈，实在没有办法了的时候还是要交出自己最后的东西——宝贵的生命？

他不解围观的群众中竟有人如此冷漠、无情？

他不解为什么我们中国人如今生活越变越好，不愁吃不愁穿了，但很多人却越来越"想不开"，抑郁的、轻生的并没有减少？

我忽然想到……鲁迅笔下的"沾血的馒头"……

小忆以跳楼的方式结束了自己年轻的生命，2018 年 6 月 26 日，庆阳市教育局也对吴某做出了进一步的处理决定，取消了吴某的教师资格。

4 名在网络以及现场的围观群众，因阻碍执行职务或者发布了不当言论等行为，分别被警方处以行政拘留处罚。

第二天，6 月 27 日，小忆的父亲也接到了甘肃省人民检察院的通知，决定对他的申诉，对吴某涉嫌猥亵一案进行受理。

但小忆“走了”，许积伟内心的哭声何时才能停止?

我的眼泪要怎样才能变成有人搭理的呼吁?

我要呼吁：我们的国家要快，要尽快地开展一些必要的生命教育，建一些学校，搞一些宣传，普及一些跟生命基本权利相关的知识……

轻生，你没有这样的权利啊！没有！

不错，我们每个人的生命，是属于我们自己的，但如何对待?如何“处置”？又不完全是我们自己的事！

这样的道理，上小学的时候，连我们的孩子都应该懂，必须懂，老师和校长要想办法让他们知道！但我们不知，不知啊！

我身后有条“黑狗”！

2018年1月13日，杭州的白衣女子要轻生，被邻居和民警救下；

2018年6月20日，甘肃19岁的女生要跳楼，消防队员最终没能挽救她的生命。我因这“血的教训”强硬地提出：“轻生，你有这样的权利吗？”而在此之前，我真的没有把问题想到如此决绝的严重程度。

当然，社会上不断出现的轻生的可怜人，有些是得了抑郁症，是疾病使一个个健康的、活泼的、正常的人把自己推到了自己都不知道的可怕的境地。

到目前为止，的确，医学还解释不了抑郁症的真正原因，但可以肯定的是“生理、心理与社会环境诸多方面的因素参与了抑郁症的发病过程”。

2016年，据世界卫生组织报告，抑郁症已经成为了全球“第四大疾病”，大约有1/7的人会在人生的某个阶段遭受抑郁症的困扰，而中国，抑郁症的发病率几年前就已经达到了约6%，这也就是说到今天，我们国家已确诊的抑郁症患者应该在3000万人左右。

3000万？

多么庞大的一个数字？！

不依靠“大数据”，也许我们根本不知道，但是知道了，谁都会吓一跳！

如此庞大的人群，如此难言的疾病。尽管在精神科医生看来，抑郁在最初阶段，其实就是跟我们患上了一般的很多小病一样：形象地讲就是一场“精神感冒”，早发现、早治疗，就没事。但如果是没有人意识到，患者自己也不知道，或者说知道了也会因为“病耻感”而不愿意去看医生，那最后“精神感冒”就会发展成为一种“心灵的癌症”。

2014年我从香港结束任期回到北京，重新上班前我打算把自己先收拾收拾，于是就将我的右腿膝关节做了一个“人工置换”。这个手术不算小，术后不多时，我还没从残酷的康复锻炼中恢复过来，家里的一位老朋友就邀请我和先生去参加他儿子的一场婚礼。

按理，我的腿还没有好利落，行走还很不自如，医生千叮咛万嘱咐不要我上下台阶，也就是千万不要摔倒，腿的假肢和真骨头之间那个地方最薄弱，很容易出问题，一旦摔倒发生骨折，事情就很难收拾了……

你想，面对这种情况，我怎么能上台去主持一场婚礼并代表我们的朋友去发表对朋友儿子的新婚祝福？但是，这场婚礼我又必须去，为什么？

第一，老友诚恳相邀，盛情难却；第二，就是我这位老友此次结婚的是次子。长子，一位风华正茂、事业有成，刚刚扛起家族企业大梁的“帅哥”，得了抑郁症，在令老爸方方面面都感到很骄傲、很自豪的时候，突然从高空坠下，结束了自己的生命……

丧子之痛，让人难以用任何方法表示安慰。

所以他邀请了，我就必须去，必须好好地准备我的祝福来弥补老友晚年人生出现的巨大创伤和残酷缺失。然而，这一切有用吗？或许有，或许没有。

抑郁症，医学又称“抑郁障碍”，定义：以显著而持久的心境低落为主要特征，临床可见心境低落与其处境不相称，患者情绪消沉，从闷闷不乐到悲痛欲绝、自卑抑郁，部分病例有明显的焦虑和运动性激越，严重者可出现幻觉、妄想等精神病性症状，悲观厌世，有自杀企图或行为，甚至发生木僵。

“木僵”？

什么是“木僵”？

“木僵”就是“患者表现为不言不语、不吃不喝、不动，言语活动和动作行为处于完全的抑制状态”。医学的描述是这样的，其实我们身边这样的人很多，只是我们不知道这是一种病。

“面对你时，我很潇洒；转过身去，我想自杀！”

这句话，是一个熟悉抑郁症患者的朋友有一次跟我形容的。

我不能想象，一想象就心惊肉跳——很潇洒的一张脸，一转身，背后却有疯狂的自杀冲动？

查资料显示：中国目前的这3000多万抑郁症患者，很多人其实患上这种病时自己都不知道，医生也很难识别。而全国地市级以上的医院，目前对抑郁症的识别率还不到20%，专业精神科医生仅有2万余人，普通医生对抑郁症的识别率不高，导致患者经常被漏诊。

不幸的是，专业医生所担心的情况目前正在发生——

2014年11月19日，我所在的央视《新闻调查》栏目，播出了一期有关抑郁症的节目，名叫《我有一条“黑狗”》。“黑狗”，这个提法是全球预防抑郁症的一个宣传片提出来的比喻，把“黑狗”描述成抑郁症或抑郁者的行为，因为抑郁症患者背后经常会出现一种力量去驱使他做这做那，那种驱使的力量，很强大、很顽固，就好像患者的身后有一条时时追着自己咬的“黑狗”。

我很敬佩这期《新闻调查》的策划、编导和记者，他们在数千万抑郁症患者里面竟然找到了三位（患者以及他们的家人和朋友），愿意出现在我们的摄像机镜头前，讲述他们的亲身经历、感受或对自己亲人的观察。这三位患者一位是作家，一位是演员（已故），另一位是得了抑郁症但死活都不想让爸妈、同事甚至好友们知道的东北女青年。

先说第一位，李兰妮。

1977年参加工作，历任广播电台记者、《深圳报》文艺版编辑、深圳作家协会副主席、深圳文艺创作室专业作家、深圳文学基金会秘书长，以及深圳市文联第七届委员会兼职副主席。

这样的简历和职务，作家李兰妮的人生应该是很有成就与光彩的，但她怎么会患上抑郁症呢?

在我们的摄像机镜头里，李兰妮让我们跟拍了她患病和治疗过程的“很多表现”，比如她一个人在家中，坐立不安、百无聊赖，因为身体不适，恶心、呕吐、头疼、头昏，她每天都不得不服用大量的药物，那药物堆在桌面上像座小山；

再比如她经常把自己藏进大衣柜，那个大衣柜很旧，很老式，门关起来密不透风……

记者问：“你躲在里面不会觉得很黑、很害怕吗？”

李兰妮说：“我就是要黑，里面很像棺材，我就有安全感。我们抑郁症患者都不怕黑，但是很怕幻觉。”

幻觉?

李兰妮所说的“幻觉”是什么?

她说：“脑袋里经常会出现很多变形的东西，意念中也有很多东西。”

再有，很多抑郁症患者如果长期得不到治疗，真的会经常想到死。

一处高楼下，李兰妮抬头望着楼顶，告诉记者："你们看，我现在这样从楼下往上看，很晕；但是过去我经常站在楼顶往下看，却并不害怕，相反，我看到楼下树影婆娑的，倒觉得很美。"

天哪！

其实，在抑郁症患者的世界，很多人都知道自己一旦得了这种病"很麻烦"，但是他们有时就是控制不了自己。

我们片子里出现的第二位角色——那位已故的男演员的经纪人曾经这样告诉记者：

有一次他从机场开车回北京，要回北京的市区，但总是找不到方向，总是迷路，结果2个小时的时间过去了，他把车子开到了北京通州的一片庄稼地里……

他知道自己有病，也同意吃药，但有一次跑到一座高楼的19层，刚想往下跳，忽然听到楼下传来叽叽喳喳的人声，他这才反应过来，说："哦，我这人怎么了？怎么这么二啊？我一个人站到楼顶这里来干什么？"

男演员的妈妈因为儿子的死，立志要做宣传"预防和治疗抑郁症"的志愿者。她说，她的儿子本来很快乐、很阳光，但不知道从什么时候开始就觉得一切都没有意义了，身体里像有个开关。不吃药不行，吃了药就犯困，记不住台词，还长胖了。

“一个人就这样整天在两极之间——天堂和地狱之间，荡来荡去，像过山车一样，谁受得了啊？”

8 年前，《新闻调查》的记者曾来到北京安定医院（一所全国知名的精神科医院，1914 年由北洋政府京师警察厅创建），试图了解抑郁症患者的情况，但强烈的“病耻感”让我们看到“没有人愿意出来见记者”。8 年后，记者又来到这里探访，情况竟“没有什么改变”，还是没有人愿意出现在摄像机前。

很多抑郁症患者的家人都这样形容：“这种病，不是脑子想不开，是转不动——前一秒还兴高采烈呢，可后一秒就万念俱灰！抑郁症是吞噬了人灵性的一种病。”

有了病就得治啊，但抑郁症患者大多数都不想去医院。这又是什么问题？

我们的教育。

我们的教育，医学的常识性教育严重短缺，抑郁症也是重灾区！

为什么我们在学校、机关、单位、公司等等人群聚集的地方，根本就看不到有关抑郁症的介绍？更不要说有老师会告诉你得了“抑郁症”其实也没有什么不能见人的，它就是一种病，看了医生就能治，就能好！

再怎么“病耻”，和艾滋病相比，抑郁症算得了什么呢？

前些年，艾滋病患者还总是躲在角落，很有“病耻感”，很羞于见人。但是通过我们的教育，这些年很多人都已经明确懂得了：艾滋病只通过“血液、母婴、性关系”这三种途径传染，因此只要你多加小心，这种病就不会沾身。同时，正是因为我们大大方方地告诉了人们应该如何预防，得了艾滋病以后应该马上就医，预防和治疗工作才有了极大的改善。

那连艾滋病这样的问题都可以摆到明面上、阳光下，为什么抑郁的问题、抑郁症的常识，就不能在社会上摊开？

过去我们在脑袋里有很多错觉，比如人们一看到一个人内向，有什么事心里总是“想不开”，就会认为这个人是“个性”问题。但很多人，他患了病，情绪低落、不合群、躯体不适、食欲不振、睡眠障碍，甚至严重了还是老会感到生活没有意思，整日唉声叹气，动不动就会流眼泪……在这个时候，身边如果有“懂常识”的人就会马上提醒，或想办法巧妙地把他送进医院，带到医生的面前。

得了“艾滋”都没有什么不好意思的了，患了“抑郁”也不应该有什么“难为情”，见了医生、吃上药就管用、就能好。但如果不治，这种病也和其他的病一样“会恶化”，会让自己越来越难受，甚至有一天可能“失去病感”，这个“失去病感”就是你自己并不知道自己已经得了病或此刻正在发病，那到了这一步，你想轻生、想死，就变得非常容易……

有关专家做过一项统计，说目前就全球的情况来看，轻生者中的70%都患有抑郁症。但是“得了抑郁”并不可怕，可怕的是整个社会对这种疾病的“不理不睬”。

如果有人面对患者，经常鼓励：出去走走，跑跑步，会会友，唱唱歌，同时也要学会倾诉，不开心了就去找人去说一说、撮顿饭，这些都是很好的办法——找到了办法、明白了轻重，你身后那条“黑狗”就没有那么可怕，就会被自己甩掉。

我十分感动又忍不住要为李兰妮竖起大拇指——作为作家，李兰妮不仅面对媒体“说出了”她个人的秘密，包括她的隐私，而且“得了抑郁”之后，她还被查出患上了淋巴癌，真是雪上加霜。这中间经过3次手术、5次化疗。可谓身历坎坷、身处磨难。但就是这样，李兰妮还是勇敢地“想尽了一切的办法”不让自己走绝路，同时“身兼二职”，一方面积极治疗，另一方面坚持写作，在病痛中竟然完成了中国第一部由抑郁症患者自己写下的《病状报告》——中国第一部详细记录抑郁症患者精神历程的纪实文学《旷野无人——一个抑郁症患者的精神档案》。

李兰妮自己说：“我现在开始明白，所有的病痛，都是对我的磨炼，它让我认识这个领域，所以我要发出哪怕是微弱的声音，让人们关注到抑郁症。让人们懂得你哪怕是亿万富翁，哪怕当了再大的官，心理不和谐，心也会死，也享受不到物质和精神的快乐！”

李兰妮认为：精神的“非典”每天都在发生，“这里记录的，不是我一个人的抑郁，是我们这代人所共有的抑郁”。

可以想象，李兰妮完成《旷野无人》的过程何其艰难。她几度写不下去，几度在自己的内心看着“生与死”正在不停地开战。

“写到后面三分之一，（我已经觉得）不是我自己在写，我不知道是谁在写。我觉得很害怕，我写的时候很怕电脑，我钻到沙发底下，钻到衣柜里面，钻到黑暗中以求逃避。”

但最后，她成功了，她说她要活着做个见证——“让人们看到抑郁症其实并不可怕，它是可以治愈的。而且即使不能治愈，也能活得有价值，活出一种新的气象。”

凭空里，忽然收到“死神的邀请”

2013年，那时候我还没有结束任期，还在香港中央电视台的“亚太总部”做着首席出镜记者，不知道为什么，十分地想念一个人，一个年轻时曾一度和我走得很近的朋友——文昕。

这个文昕是位作家、女诗人、摄影家——20年前，因为一本《顾城绝命之谜》，曾引发社会的集中关注。

顾城是谁？何许人也？

“80后”“90后”“00后”，还有多少人知道？

劳烦度娘，年轻的后生都可以在网上看到：顾城是一个年轻人，一颗短暂的星辰，一个才华横溢的诗人——朦胧派诗人。1993年10月8日，在新西兰北部的一个只有两千人的小岛上，顾城先杀妻，后自缢，选择在当地的一棵大树下……

这件事，当年很轰动。人们都不了解顾城，说不清为什么会先杀害了自己的“爱妻”然后再去自杀？很多质疑、指责兜头向诗人泼来。这个时候，文昕觉得自己责无旁贷，她是诗人的好友，懂得诗人的心，所以她要站出来“为顾城辩护”。

20年前的风花雪月、三角关系、恩怨情仇，岁月一口气吹得四散。

20年后我找到了文昕，她已经身患癌症，从乳腺癌到骨癌，从肝脏到全身，生活里最重要的内容是不得不跟医院、医生打交道。但，她对生活、对生命的态度，让我觉得似一块丰碑，竖在那儿，哪怕被花草淹没，被时间风化，也都在我心里占着一块永恒的地方！

2013年，我说了我非常想念文昕。

而此时文昕在干什么？

300片安眠药，文昕吞下了300片安眠药，开始实施她的“自杀”计划。

300片安眠药，这“计划”预谋了多时，但300片安眠药没有“如愿以偿”地要了她的命，相反却起死回生，这之后，癌细胞不知道躲到什么地方去了，全身都没了。她似乎被“绝症”的世界给打了回来，人完全好了。

生命真是奇妙。

朋友之间，心有灵犀、情有所系。

开始，我找不到她，便托朋友、托战友找。

后来我在网上查到了——2014年，顾城过世20周年的祭年，文昕接受了凤凰卫视记者的采访，她说她不相信顾城和妻子没有感情，不相信顾城会下得去手真的要致妻子于死命。但顾城出手了。

出事前他曾给她寄来过 4 封密信。这一切都是有原因的。另一个女人毁了一代诗神。

我看到文昕在网上侃侃而谈、据理力争，那副路见不平拔刀相助的“女汉子”劲，还是当年的她。她的容颜我一眼就能看得出来，尽管当年一双水灵灵的大眼睛已经盛上了太多的颜色，变得不只是一片蔚蓝；当年两根活泼的小辫子也已经不知在何时改为了齐耳短发，除此以外，一切都没变，仿佛一切又都在变。

战友从认识她的发小那里得到了联系方式，我和文昕联系上了。

我高兴极了，她也高兴极了。

我们开始密集微信：

长江：终于让我找到了你！

文昕：真好，小时候交个好朋友，过了快一生了，嘻，发现这个人还是自己最喜欢的。

……

回顾两个小女孩的友谊，那是发生在 20 世纪 70 年代，“上山下乡”的洪流还没有结束。1976 年我们共同报考部队文工团。

几个月的初试、复试，我们俩一块被远在西北的兰州军区空军文工团“看上了”，当时那份高兴、那份骄傲！尽管“兰空”是个什么部队，“兰空”在哪儿，最初都不知道。

两个小姑娘有机会就凑在一起说说笑笑，谈天论地，指点江山，山花烂漫的。

但后来，我被“带兵的”接走了，文昕却因为家庭出身（还是什么其他的原因），最终没能穿上军装。

我哭，哭我们不能一起去革命，不能一起登上火车，去坐在“西去列车的窗口”。

这么说是因为有一首诗，划时代的经典。著名诗人贺敬之老先生写的——《西去列车的窗口》，鼓舞着千万热血青年：

> 在九曲黄河的上游，在西去列车的窗口……
>
> 是大西北一个平静的夏夜，是高原上月在中天的时候。
>
> ……
>
> 你可曾看见：那些年轻人闪亮的眼睛，在遥望六盘山高耸的峰头？
>
> 你可曾想见：那些年轻人火热的胸口，在渴念人生路上第一个战斗？
>
> ……

“革命”？

今天的孩子听了这个词，也许都不解其意，更不懂得当年这个词对中国全社会、全民有着何等神圣的推动意义。只是，我们的家长当年都到外面“革命”去了，家家户户的孩子普遍缺少母爱和父爱。因此，朋友之间的温暖、姐妹之间的怜惜，便显得突出。间接地让我懂得着人间还有一种情感、一种寄托、一种人和人之间的关系，叫作“爱”。

爱？那时候，这个词也是不能轻易说的、说不出口的。

因此，尽管交往的时间不长，但文昕于我就是情感的港湾，哭了、笑了，高兴了、沮丧了，有好事、被欺负了都会跑过去，投入一个怀抱，躲进一个“可以说悄悄话”的地方。

其实若论年纪，她比我小，小 6 天，但在我们的关系中，她处处是姐姐。

记得去部队前的一顿饭，是在文昕家吃的。那顿饭我一辈子都忘不了，是芸豆饭加炒土豆——就是把米饭放上芸豆一起来蒸；然后，土豆煎大葱，土豆丝加上大葱丝，一半对一半，多放油，一起炒，炒到软软的，小火煎得慢慢成了饼，翻个个儿，两面焦黄，土豆和大葱的味道就融在了一起，端上来一人一碗，嘿，那叫一个香！

30 年后，我和文昕准备重逢，记忆与味蕾上都是那顿饭的味道。

她听了哈哈大笑，说：“嘿，那还不容易？一顿饭让你记了几十年！哪天等到我家，我再给你做！”

你还能做饭吗？

其实我和文昕再见面的时候，她已经病得不轻。

老天爷对她公平又不公，公平的是给了她两段美好的婚姻，懂事的孩子；不公的是也给了她带来了许多挫折，包括绝症。

有一天，她摸到自己的乳房里面有一个疙瘩，大小像个鸽子蛋。

当即“坏了”。

不过，她没有哭，用她自己后来出版的一本书，叫作《生死十二年》里的描述：

我安静地躺着，一动不动，眼睛睁得大大的，脑子里一片空白。过了很久，我才推醒了身边熟睡中的丈夫，小声说：“哥，我身上长了个……东西……”

他一下就醒了，他和我一样，当时就知道这件事意味着什么，知道我们平静的生活从此刻结束，因为这个家庭中的一个人凭空里忽然收到了死神的邀请信！

“死神的邀请信”？

对，文昕就是这样敏感的。

我们都没有做好准备，这一切来得很突然，仿佛一夜风雨过后，所有花突然全谢了。

我听到丈夫绝望的哭声，那是从不流泪的男人苍凉的哭声。

我没有哭，忽然变得很平静……

那种感觉很奇怪，你一直以为自己很健康，身体仿佛好好的，也没有什么预感，你还在减肥，觉得自己很正常，却忽然一夜间发现，你成了癌症患者……你的一切从这一刻起，完全改变了！

死亡，能赶走很多“麻烦”？

重新找回文昕的时候，她还没开始写这本书。

见了面，我肯定要问，那事情是怎么发现的，事后又发生了些什么？

文昕跟我说：那一夜好长，她意识非常清醒。“不管我有没有准备好，我都得面对一个很大的麻烦。”

是啊，癌症是一个“麻烦”，一个很大的“麻烦”。

我想象不到文昕刚意识到自己“中招了”内心是否有一种巨大的恐惧，我想，有，是一定的。但她不会呼天抢地，她不会，她是个无私的人。她从不说自己的痛苦，永远都愿意把笑脸、坚强的一面示人。有时是玩笑的，有时是调侃的。

果然，文昕跟我说：“很快，就是那么忽然之间吧，我就知道明天自己要准备面对怎样的日出了。只是觉得丈夫好无辜、好可怜——得了病，还是癌症，本来这是我自己的事，但从此丈夫的平静生活，却要跟着我一起被粉碎。”

你看，这就是文昕，不管到了什么时候，她想到的第一个人绝对不会是她自己。

“我曾答应过他，要是有一天我们老了，不管他什么样，我都会照顾他。”文昕说到就会做到。

然后，一个乳腺癌已经很意外了，3 年后，更大的“坏了”又堵到了她的眼前：癌细胞开始转移，先是骨头、后是肝脏！

“你想想，得了这个病，刚开始我都不想去管它，也不想去做什么化疗、放疗。病情也没太大的发展。整天还傻呵呵地忙这忙那。但就在我差不多要把这件事以及‘这件事’可能等着我的‘后果’都渐渐忘了的时候，它又开始全面反攻。”

说起她的病情，文昕就是这样寥寥数语。

就这“寥寥数语”已经把她如何治病、好转、反复、折磨、疼痛，希望、失望、绝望的整个过程——10 年啊，都跟我交代完了。

2013 年，就在我满天满地地到处非要找到文昕不可的时候，她不是正服用了 300 片安眠药，准备安静地死去吗，见面后，我就问她“这是怎么回事”。

“生不如死了呗。”她依然是调侃。

“最难过的时候，是很疼吗？”我问，悄悄地。

文昕也不介意：“嗯，有时很疼，尤其夜里，弄得自己乱七八糟的，家里人也都跟着我没法过正常的生活。”

又是家人，又是别人！

“那，你是怎么想到要死的？”我问，这回一针见血。

“一种解脱。自己的，也是他人的。”

“可300片安眠药你从哪儿弄来的？”

“吃下去了以后又为什么没死？”

“之后你又怎么到了今天？”

我一连好几问，生怕不问自己就再也开不了口。而且这些话，一出口自己都觉得紧张得不行。可文昕听了，回答统统都轻描淡写。

一辈子做记者，我采访过很多人，问过的被采访对象的问题也不计其数。但如此赤裸裸的逼问给了自己的好友，太残酷了，我知道，我知道如果不是她，我不会这样。但文昕是坦诚的，她喜欢我们俩之间的“赤裸裸”。

事实上，300片安眠药吞下去以后，文昕的“自杀”并没有成功。

她事后回忆，对所有关于“自杀”的问题“我其实都考虑得很清楚了”，但就是水，她没有准备足够的水，当时手头只有一瓶饮料，好像是一瓶杏仁露。

安眠药不都是“吞”的吗？“吞”不涉及水。所以很容易忽略。

当年报考文工团失利后，文昕在北京的一个区的话剧团里当过演员，后来又做图书馆管理员，之后写诗、出书，同时还喜欢拍照、创作。我见到她时，她很大的精力都放在自己创办的“靓点视觉摄影网”上，在那里，她不仅有着女神般的地位，身上还有一腔永远都仿佛使不完的力气和热情。

人反正总是要死的，特别是得了治不好的病。

与其每天面对死亡，不如学会忘记，忘一天是一天，忘一时是一时。

这就是文昕的逻辑。

这逻辑我和她重逢后，她不知笑着跟我说了多少次。

然而，诗人、作家、摄影师，她的生活已经很高大上了，但癌症和癌症之痛，最终还是让她受不了，文昕不想再面对一夜夜的剧痛和孤独，不想用无尽的“忍受”去换取可能的什么“奇迹”，同时更重要的，她也不想让家人知道她在痛、她在忍。

“如果有个准日子，还好熬，但身体一会儿好，一会儿坏的，你说这多烦人！”

她知道自己不能再拖累家人了，所以她打算“走”。

“300片安眠药我是用了很长的时间说服家人帮我凑的，不然我一个人从医院里还真开不出那么多。”文昕的沉重只有一会儿，跟我说这件事时，马上她又回到了“轻松”。

“可家人，你丈夫、姐姐，怎么会这样地来帮你？”我问。

文昕说：“我跟家里人都说好了啊，我一定要走，你们不让我吃药，难不成哪一天想看到我跳楼？”

丈夫能说什么呢？

家里的人又能说什么呢？

悲惨世界的凄美与壮丽，非要用生命的血液来浇灌、来换取。这是文昕的坚持、文昕的格局。

等到把一切事情都“想好了”“安排好了”，一个黄昏，普通的5点多钟，文昕告诉她丈夫，说“哥，我走了，别找我”，然后像每次离家出门，或上班，或出去买菜，或会友，轻轻地带上了房门……

这些故事，这些细节，文昕即使后来面对面地跟我说起，也没有一点强调、一点渲染，哪怕说到“轻轻地带上了房门”这一句，也没有一点点语音、语调上的改变，像转述别人的一个曾经。

我浑身的血，仿佛一会儿沸腾到了100℃，一会儿又冷到被冰冻。

丈夫听了文昕的“告别”，开始无语，也没找。这是他们之前的约定。

但是坐着坐着，他坐不住了。一切的问题尽管大家事先都已经谈好，这样的决定和动作也是文昕一开始就提前“告知”了的。但妻子一个大活人，真的就这样在一个普通的黄昏，轻轻地带上门，说了一声“哥，我走了，别找我”，就这样真的“走”了，晴天霹雳啊，谁也不能不炸，炸得浑身开裂、手脚冰凉！

丈夫不能，他明明知道自己的妻子已经寻了短见，自己却不去拦、不去救？那怎么可能？尽管为了天衣无缝，为了替丈夫免去日后可能惹火上身的法律问题，文昕把自己怎么走，在哪儿吃药，吃了药以后到哪里去躲，别人要问她去哪儿了，丈夫怎么说，姐姐们怎么回答，等等，都事前“设计”好了，这一方面能确保她死得成功，另一方面，家人也不会落下怎么不去找她的被不解、被责问。

但是，生与死的话题，说说是一回事；真要“动真格的了”，慷慨赴死者可以内心坦然，但活着的家人、亲人，谁能做到听之任之？

文昕的丈夫不能，他只有“违约”，他还得去找她！满世界地找！

但文昕走了，去了哪里？一个人藏了东西一万个人也找不到，何况一个人真的想要把自己给永远地“藏起来”，那个地方一定是她精心挑选的。

文昕滴水不漏。

她实现了自己的安排：停止无谓地受罪，也停止给家里人再带来麻烦。

这份勇敢是一份特殊的勇敢。对于生命，对于已经变得很痛苦、很无奈了的生命，“走”是一种解脱——勇敢者的解脱。

但是，这一次应该是“命不该绝”吧，文昕的丈夫到底还是在一个谁也想不到的地方，把她给找到了。

6天，文昕在医院里整整“死”去了6天。

她后来告诉我，她的医生都以为她是乳癌转移、肝癌发作，人已经进入了离死亡很近很近的“肝昏迷”。

但是6天之后，她又睁开了眼睛。

她明白自己没有死成，看到家人都陪伴在侧，尤其是丈夫，心里叹了口气，用手指了指说：“这个人啊，真命苦……”

“放心，我死不了！”

关于文昕服下安眠药后到底把自己“藏”在了哪里?

关于她服下 300 片安眠药后为什么没有死成?

很多故事的细节我可以写一本书，但我没有得到文昕的允许，我不知道该不该说。

“昨天”带着很多谜，都过去了，人们很快会淡忘，忽略，不去计较、牵挂。

但我不能。我不能“不计较”“不牵挂”。我不能原谅自己没有拉住“昨天”，让很多话、很多事情还没有做完就听任一个生命陡然离我而去。

回到 2014 年夏天，我从香港先回北京休假，记得与文昕重逢那一天我们选择的地点是她家附近，一条马路之隔的北京海淀区远大路的世纪金源大商城。

我先到，心怦怦怦地跳。

年轻时搞对象也没有这样过!

不一会儿，文昕从几十米开外的地上停车场走过来了。我一眼就认出了她。这时我们已经通过了电话，也已经知道了她的病。

等到近到十几步我迎上前，大叫了一声“文昕”！她抬起头看见我，也叫我，我们就拥抱，抱住了对方又拉住彼此的手，使劲地摇啊摇。

但这个30年别后的重逢，没有我想象中的热烈、激动。

后来她才告诉我，她很在意30年后的与我再见，知道再见面，当年的两个小姑娘都已经成了老太婆，尤其是她，癌症导致她的身体外形有些变形，她担心会吓着我，或让我因为奇怪而走神儿，所以，她先走神儿了。

说老实话，见到文昕的头一眼，我确实有点吃惊。她走路时身体有点歪，近看能察觉到她的脖子后面，右侧有一个大包，拳头一样大，这个包压得她头抬不到正常的位置，所以看人得距离远一点，而且走路多了就会累，脖子也会疼。

原以为我们见面之所以选在她家的街对面，是考虑到离她家近，不用坐地铁或开车。但文昕那天还是开车来的。“为什么这么近还开车？”我问。文昕说：“饭后送你啊，你不是坐地铁来的吗？你家又离我住的地方那么远！”

啊？我好感动。

30年前的惦记、照顾，文昕又开始延续。

30年前，这个小我6天的“小姐姐”总是照顾我，30年后（其实是整整 35 年了哦)，她又开始继续，像昨天讲的一个故事，没讲完，今天又很自然地接上。

“可你是病人啊！”

我想说，但文昕却不听。

“病也没什么。我还能开车！”

那以后，我和文昕从 2014 年到 2016 年之间的每一次约会、每一次见面，饭后（我们叫“大吃大喝”）都是她开车送我，一直看到我走进了院子，一分钟后就可以掏出钥匙来开门。

2014 年 6 月，我彻底结束任期，从香港调回了北京，又回到央视我的老栏目《新闻调查》。我整天的工作就是出差、采访，采访、出差，天南海北、城市农村，哪儿都去。腿因为年轻时受过伤，一个膝盖已经完全换成了“人工”的了。所以怕站、怕凉。文昕知道了就不断地给我发微信，反复地叮咛：“别太累了，你的腿还没长好呢！”我回信：“嘻嘻，放心，我会小心。”她就不信，说话的口气像大人对孩子——“反正别到处乱跑了，腿还不行呢！”

为了保暖，她开始给我买绒裤，头一次我穿上，说很暖很舒服；第二次她又买，我说“干吗啊？”她说“这条是带护膝的，会更好”；第三次还买，我说“哎呀，你疯了？”她说：“以前买的都有点薄，这次的才够厚！”

疼一个人，照顾一个人，有这样的吗？

我还只是文昕的一个普通朋友。

文昕的好，不仅仅是只有我一个人能够从她那里感受得到阳光，她的朋友有很多，都受益。

买了绒裤，我穿着，暖腿、暖心。

可绒裤之后，她又开始买睡袍，一次、两次，也是一连买了三身，每次都有充足的理由。

文昕热情、多情、守情，这样的“三情组合”只配得上她。

文昕说起朋友，满天满地的都是感恩。我知道她说这话是什么意思。是她得了乳腺癌后，她的朋友并不是只会陪着她一次次地流眼泪，相反，这样的场景一次也没有出现过。她的朋友们在她刚刚做完手术后就立刻呼唤她，用“激将法”来拽着她“与癌共舞”：

“快，不就是动了一个小手术吗？那都不算事！”

“别找借口赖在家里哈！”

“快来帮我们整理网站。”

“我们要出去干活了！”“去哪儿？”“去坝上！”“组织人出发，快去拍写真！”

……

因此，如果生命能创造奇迹，这奇迹来源于“天助”，更来源于你怎么看待生命、怎么看待死亡。我讲文昕的故事，用了这么多文字，想说的，就是这一点。

2014年回到北京前，我帮她介绍过一家出版社，是国内顶级的，但文昕最后没有答应这家出版社的约稿。为什么？出版社希望她写顾城，因为对顾城、谢烨、英儿三个人的“三角关系”，文昕不仅是“最知情”的，而且顾城在自杀前还从新西兰专门给她写过四封信，讲述了他无比纠结的心境与状况。

但，文昕拒绝了。

20年前，文昕第一次为顾城辩护，那是因为她不能让朋友背负不合理的骂名，一张她与顾城夫妇、英儿的“四人合照”证明着当年他们四个人是怎样的“亲密朋友”，当时，文昕对我说：她是多么地想维护这四个人开始时的纯情，说“我不能撒手，一撒手，四条命就可能都没了……”而20年后她拒绝出版社的好意，原因也很简单但很固执：“我不愿意用三个人的死，去做自己新书的卖点或谈资，尽管此时英儿也已经在澳大利亚的一个地方因癌症默默地死去。”

在文昕说这话之后没多久，有一次我在她家，说起《顾城绝命之谜》，随手从她的书柜里拿出了这本书，连同顾城姐姐顾乡20年前所写的《我面对的顾城最后十四天》，我的本意是想借来看看，但文昕一并都给了我，还题了词：“长江，我少年的朋友，这是我另一个故事，希望你的理解。”我当时发现，她的橱柜里，这两本书是并排放着的，且并没有第二套了，就说：“咳，我借，看看就行，别给我。给了我，你还有吗？”文昕一听，一万个舍得地对我说：“咳，别管，给你最合适！”

我手捧着不厚的两本书，见血见泪的，心里压得很重。

至今，自2014年我和文昕联系上了以后，我和她的全部微信，我一条都没有删。

当初就是怕，怕这一次见面之后，下一次还不知道有没有机会再……

说出来不怕文昕在九泉之下会笑我，第一次我们俩见面，她不是果断地坚持要求开车送我回家吗？那一天她把我送了回来，说：“这次就不去你家了，路上堵车，我还得赶紧往回走。”

我站在车窗外，看着她把车掉头、远去，偷偷用手机拍下了她的车号——20××26，为什么要拍文昕的车牌，特务似的？就是怕，怕她什么时候……

有时，我会突然警觉，没事了也要和她联系一下，只不过每一次接电话或回微信，她都是那种慵懒的样子，都会说：“咳，没事，好着呢！你放心，我死不了！”

“你放心，我死不了！”这话说了一百遍，已经成了一种暗示，成了文昕对我的一种承诺，她不会哪一天不接我的电话的，不会的。但是2016年12月30日，文昕默默地去了，她的骨灰很快被撒进了她生前最喜欢去拍照的颐和园。

噩耗证实，我本该哭，但我没有。我奇怪我怎么没哭？人生很多事，哭上一场往往就会过去，但文昕的死，于我，过不去，哭都没有用!

人生千万种，千万种声音，一声“放心吧，我死不了”是她留给我的，永远都会保存在我的手机里、心里。

此外，我还有三身绒裤、三身睡衣呢。

绒裤我都穿了，不同的季节穿不同厚度的。但是三身睡衣呢?

我穿了一身，给了女儿一身，此外还有一身，至今没动，就放在大衣柜里。

文昕走后，这身睡衣我翻出来，抱着它，心碎到拾不起，再也没法穿了，再也没法穿了！此时，我才泪雨滂沱。

心死，有一种死叫“心死”

姥姥，93岁。不是我的，是我过去《新闻调查》的一位年轻的同事雷婷的。

但姥姥一笑，和我已故的母亲很像，所以姥姥的演出我是“一定要去看”，看了还要留在剧场里跟她和剧组的主创人员们互动，末了还要专门上门去采访她老人家。

演出？对，没错，93岁的姥姥，还上台演出，话剧，正儿八经的社会公演，卖票，小剧场，观众之众、响应之热烈，简直爆棚！

2018年5月，一出名为《裁·缝》的话剧在北京首演，然后上海、乌镇，之后又回到北京复演。连续5个月，姥姥竟连续演出了16场，有时白天，有时晚上，有时白天、晚上各演一场，天哪！这“老太太”，怎么这么能干，逆天啦？！

《裁·缝》的内容大体是：面对“老去”——我们都在“老去的路上”。这个问题人人都会遇到，是“生命中最大的命题”。所以《裁·缝》要告诉观众，不要等到晚年，就在中年，人们应该思考自己将如何迎接衰老和死亡。人活一世，该裁的一定要“裁”，该缝的，我们一定要把它们给“缝”起来。

2018 年 5 月 31 日，我带着“惊奇”的心，来到了北京长安街东单十字路口西北角上的国家话剧院先锋剧场，我所惊奇的不仅仅是一位 93 岁的老太太还能作为国家话剧院的演员上台，更惊奇姥姥的一生，我知道她经历了太多，挫折、苦难、大病、与丈夫和儿子的生离死别，等等——她太不容易了，似乎没有什么理由如此长寿，还如此硬朗……

1949 年，作为国民党高官的姥姥的父亲，本来要带着全家赴台，但姥姥当时在重庆深受投身革命的未婚夫的影响，与自己的家庭决裂，留在了大陆。

1946 年，姥姥正式开始表演生涯，在抗战时的陪都——重庆——主演过《家》《秋》《茶花女》《乱世佳人》……以后又曾先后担任中国青年艺术剧院、青岛话剧院的主力演员。自小就喜爱话剧艺术，13 岁的她已经登台演出。如果其“演艺生涯”能够从那个时候就算起，姥姥到了 93 岁，可以说，已经拥有的舞台“台龄”有 80 年。

对，就是这样的一位老演员、老艺术家，2018 年 11 月 5 日，我来到北京她的住处（实际上是外孙女雷婷的家）正式采访，姥姥告诉我，反右派的 1957 年之前，她曾经两年演出过 8 台大戏，但被打成了右派以后，40 年中，她却只演过两台戏。这 40 年，她先从台柱子跌落成被改造的对象，还是“敌我矛盾”的，然后“留团察看”，跟着剧院到处演出，只不过此时她的参演，已经不是登台，而是在后台、台下，在厕所、在化服道，是被人呼来喝去地派去打杂和清扫卫生。

自己被打成右派，苦难对姥姥还不算完，更大的打击才刚刚开始。

她的丈夫，本来在重庆复旦大学是学新闻的，但随了爱人，也改行做起了话剧院的编剧、导演和演员，也被打成右派，而且是“极右”，“规格”比姥姥还高，被有关方面遣送到别的地方去接受劳改。

两口子双双成了右派，他们的孩子，一儿一女，便落得无人照看。儿子当时才 11 岁，女儿是姐姐，13 岁。两个孩子特别是儿子小振，本身天资聪颖，爸爸妈妈是青岛有名的当红演员时，他的同学、朋友个个艳羡，弄得小振也“很以为荣”，但突然，两个“大演员”一下子就都成了让人背后议论、直戳脊梁骨的“反革命右派分子”了，这是怎么回事？小振蒙了，难以接受，无地自容。这时候，他们原来的家，还正好被单位由好房子特意降格到了一间终年没有阳光、不能住人，已经废弃了的小伙房，孩子的自尊心被彻底碾碎了。

小振先是辍学，后来在街上流浪。最后，没有钱，实在吃不饱肚子，就干脆去拧了公共厕所里的电灯泡……

爸爸妈妈恨啊，但无奈。

小小的孩子，身边没有父母，交给亲戚那一定会给亲戚带来尴尬和麻烦。于是两口子就学着苏联《教育诗》里面倡导的，在社会主义国家，挽救失足青少年唯一的办法就是把孩子交给政府，由党和政府来关怀教育，孩子便可获得光明的前途。

于是他们一根筋，把孩子送到了管教所。开始管教所还不收，说你儿子又没有犯罪。但姥姥苦口婆心啊，反复晓以利害，最后“好不容易”让对方把儿子给留下了，岂不知，这一留，原本无罪的孩子，因为曾经在管教部门待过好几年，这个污点就开始影响儿子的一生。年轻时到农村插队，做了8年“上山下乡”的知青，回到城里找工作，找不到，条件再好也没人要；后来考大学，中戏，一路被老师、考官称赞着，人人都说这孩子被录取是板上钉钉，但最后没有，还是因为“有案底”而名落孙山……

姥姥对儿子的愧疚深深折磨了她几十年。

直到小振通过自己的努力，从一个工厂里的翻砂工，一路坚持业余自学，49岁终于“很有出息”，不仅独立编剧的话剧《四十不惑》在北京中央实验话剧院的舞台上得以演出（演出时剧名为《惑》），获得了国家级大奖——曹禺剧本奖，而且政治生命也花开灿烂，一身兼着青岛市文联副主席和青岛市政协副主席。

然而，就在儿子人到中年，终于让妈妈感到非常非常自豪的时候，却突然查出肺癌，半年的时间便撒手人寰，而在儿子去世的8年前，同一家医院，姥姥还扯烂了心肺地送走了自己的至亲最爱，一辈子对她体贴入微、关怀备至的丈夫黄中敬。

《裁·缝》的一开场，姥姥就坐在舞台的一角，对着摆放在眼前茶几上的一个透明的圆形玻璃鱼缸，和里面养着的一只小龙虾说话。这小龙虾是真的，浑身通红通红，是导演特意安排它像被农夫救活了的那条金鱼一样，要满足老人的一个心愿——带她回到她所认为的人生当中最重要的一个时刻，去重新设计和安排自己的生活，免得等到老了以后会后悔，悔不当初。所以这出戏以魔幻的形式开场，立刻就把观众的注意力给紧紧抓住……

我当时坐在台下，心想有机会一定要问问姥姥，问她经历了那么多的苦难，遭受了令人不堪的屈辱，自己又身体虚弱，有时候会突然晕倒，特别是到了晚年，又与丈夫和儿子生离死别……她是怎么撑过来的？为什么不仅“撑了过来”，还活得很硬朗？93岁了还能上台，给人阳光，催人“不敢老”？

后来，我有机会面对姥姥了，我真一股脑地提出了这些问题，姥姥笑，让我猜。我说我猜不出。

姥姥就把眼睛好看地眯成了一条缝儿，说：“别人其实也经常这样问我，我说：人一旦死了，起死回生的事并不多；但心死也是一种死，却可以自我调剂。我的名字不是叫‘沙漠’吗？沙漠广大无垠，我的心也就得放宽。不能让我心爱的人在九泉之下担心，也不能给还活着的人天天看到我——就知道哭！”

姥姥哭透了才给“哭”找到了一个替身，那就是“笑”。

“所以我最后要给你一个回答”，采访中我永远都不会忘记姥姥说到最关键之处给我的一段解释，她说：“我的心也是肉长的，至今我丈夫的小方盒还摆在我的床头，30 年了，我和先走的他日夜相伴。但是面对不幸，我哭过了就是笑，就换成了经经常常的大笑。大家都说我的长寿就是‘笑出来’的。可真是。我不管对家人，对朋友，对我认识的，还是大街上、超市里我不认识的，我都对所有的人好，都很客气。慢慢地，笑就从无奈到习惯，从习惯变到自然——这帮到了我……”

笑帮到了姥姥。

太阳有日出日落，月亮有阴晴圆缺。

姥姥脸上的笑真是不分昼夜，认识的人都说：永远都会在那里，已经和她的脸、她的心，融为了一体。

经历了死亡的黑夜，笑原来可以带来光明，也有承载的力量！

心死，有一种死叫“心死”，但并不可怕，人有能力进行调剂，姥姥就调剂成功了，返老还童了。

尊严不会等到临终时才突然出现！

偶尔，看到一篇新闻，故事就发生在2016年，是《北京青年报》报道的。

说2月6日，山东省日照市有个村子，一位姓张的66岁的村民别出心裁，为自己安排了一场“活人出殡”的大戏。他这么做，花钱上万，据说就是想“亲眼看看”他死后到底有多少亲朋好友会在乎他，会为他来磕头“送行”，特别是他生前曾为村民做过一些“好事”，有没有在人们的心里留下什么烙印……

这老张“演大戏”，如果入了“说书人”的段子，那可太逗了。

看到这报道，我不禁想：尊严？这是不是也是一种尊严？

中国人讲尊严，其实是由来已久的。

“尊严”就是“面子”，是做给人看。

但尊严，特别是把尊严和死亡连接到一处，我们要尊严，到底是给人看，还是给自己看？

301医院来陪老岳父住院的“中国好女婿”在接受完我的采访后还一再地嘱咐我：“记者老师，您可千万小心啊，可别一疏忽在我爸的面前流露出什么来。实情他可万万不能知道啊。”

我一边答应着，一边心想中国这样的人，这样的患者和家属，到底还有多少？死亡的思考、死亡的选择、死亡的文化，对他们谈论起来是不是为时尚早？

但现在“尚早”，要等到何时？

记得还是在采访罗点点老师的时候，点点也说：“死亡其实是一件非常非常私密的事情，它是非常个人的。每一个人都有权利对自己的死亡进行想象、进行安排、进行表达，这是一个最基本的，人的生存权的延伸。”

“如果真的到了那一天，我的一切都听我的儿子的。我不愿意用我本人的想法，让儿子为难或会被别人说三道四，不好做人。所以到了那一天，请大家都听我儿子的。”——点点老师说，这是当下我们很多中国母亲的想法。

自愿是《生前预嘱》推广的原则，罗点点和她的工作团队一直向外谨慎地宣传：如果你是经过思考以后认为，《生前预嘱》能够帮到你，让你觉得尊严对于你的死亡很重要，那你就签署这份文件；如果你认为，《生前预嘱》一旦签了，或想想这件事可能会加重自己对死亡的恐惧、伤痛和你对亲人的不舍，那你就一定不要签。

我在电视台工作，中国中央电视台，我的很多同事都很有名，有的是因为“国脸”，有的是因为对中国电视改革曾经做出过前瞻性的贡献，成了社会名人。这些人有几位不幸，英年早逝，告别了观众，匆匆踏上黄泉路。

所以经常有人问我：罗京你认识吗？陈虻你认识吗？方静你认识吗？肖晓琳你认识吗？后来又加上了一个李咏……“他们怎么会走得那么早，又都那么年轻，那么有名？”

“年轻”“有名”？照样挡不住死亡的召唤。

多少演员、大咖，如日中天，有名有钱，但黄泉路上无老少，黄泉路上也无名利啊。

我说，这些人，我认识、认识。

陈虻是我所在的央视新闻中心新闻评论部的副主任，1993 年加盟《东方时空》时是其中一个版块节目——《生活空间》的制片人。那句“讲述老百姓自己的故事”就是他首先提出，把高高在上的电视和普通老百姓联系到了一起，感动了亿万电视观众，并在传统的电视市场观念里推开了一扇改革的窗子。

2001 年，陈虻担任新闻评论部副主任，开始主管《实话实说》和《新闻调查》，每天审片不计早中晚，他有胃病，但不愿意让编导捧着带子等（早些年我们做电视还都用录像带），所以就经常吃不上饭、赶不上吃热饭。

他的那句“不要因为我们走得太远而忘记了当初为什么要出发”至今都含着冷冽的智慧之光，提醒着我们要时刻保持头脑的清醒。

2008 年 12 月 24 日，陈虻因为胃癌医治无效，“走”的时候才 47 岁。

他走后，我们评论部一位资深的老记者说出了一句大家都想说的心里话，很重、很有分量，这句话是：“陈虻走了，从此南院没有了灵魂。”（南院是我们新闻评论部曾经在台外租用的海淀区羊坊店 115 号，因为在老台之南，所以俗称“南院”）

有尊严的人是不事张扬的，因为“尊严”是自己内心的东西。

人啊人，无论你在生前有多么优秀、多么有名，一旦命运要“叫停”你的人生，生命便会立刻老老实实地跟着死亡走。走了，生前的一切便再也不算什么，早晚都会被淹没在岁月的前行和人们的淡忘之中。

但是，如果生，怎么都会被死拐走，那么我们对生的态度是不是就可以消极一些、随意一些？不，尊严，面对尊严，各人有各人的选择，世界有世界的评判。这里没有对与错，就是自己走自己的路。他人的目光左右不了我们，这目光可以被看淡，认为它可有可无，但也可以被看重，如果你在乎。

我又想起乔布斯，乔布斯的“向死而生”。

1955年史蒂夫·乔布斯（Steve Jobs）生于旧金山，2011年10月5日因患胰腺癌病逝。他这一生，虽然只活到了56岁，但却被认为是全球计算机、娱乐业界的标志性人物。(一生颠覆了四大行业，同时又开创了一个又一个新时代——用iMac颠覆了电脑、用Pixar颠覆了电影、用iPod颠覆了音乐、用iPhone颠覆了手机。）这位美国发明家、企业家、苹果公司的联合创始人，为什么能取得如此巨大的成功？用他自己的话说："17岁的时候，'死亡教育'已经让我明白了生命的意义。这是最重要的！"

临终之前，乔布斯一篇遗言洞穿人事，他说："作为一个世界500强公司的总裁，我曾经叱咤商界，无往不胜，在别人眼里，我的人生当然是成功的典范。但是除了工作，我的乐趣其实并不多，到后来，财富对于我已经变成了一种习惯的事实，正如我肥胖的身体——都是多余的东西组成。"

如果没有看到"死之将至"，我也不知道乔布斯会不会那样认真地审视自己，审视自己的来路。黑暗中，乔布斯坦承："我看着那些金属检测仪器发出的幽绿的光和吱吱的声响，似乎感到死神温热的呼吸正向我靠拢……我生前赢得的所有财富我都无法带走，能带走的只有记忆中沉淀下来的纯真的感动以及与物质无关的爱和情感，它们无法否认也不会自己消失，它们才是人生真正的财富。"

听着这样的"临终遗言"，说老实话，我是第一次看到有人在自己“死之前”就把自己的一生总结得那么细致。

但尊严不是死亡之后才会出现。“尊严”需要人们在“活着的时候”就费心思去思考，是贯穿一个人的生与死的全过程。

“把人生，包括死亡，交给自己去处理，这是一件大事，一件意义非常重大的事情。”

罗点点在接受我采访的时候曾反复地在说这句话。现在，该轮到我把老师的这句话也忍不住说了再说，如此下去，像是老生常谈，但对不对呢？早一点想，至少没有坏处。

不知生，焉知死？孔子的确这样说，但现代人其实已经颠倒——“不知死，焉知生？”人类不知道死，或有意无意地忽视了衰老和死亡的问题，就不可能好好地生，社会就都会出问题！所以乔布斯说：“死亡是生命最伟大的发明。”我达不到乔布斯的高度，但是我知道“死亡是生命最好的老师”，在这一点上，我“不幸”遇到了好几位“老师”，我的父母、家人，朋友、相知，他们每一个人的离去都给我留下了一份考卷，都要我用今天的生命去回答。所以我知道每一天都意义非凡，即使不能以一当十，也起码要以一当三，不会浪费掉每一个时辰、每一分、每一秒，每一寸宝贵的光阴。

我的生命“谁”做主？

2018年清明节前，《北京文学》发表了我的报告文学——《我的生命谁做主？》，之后，杂志社要我写一段作者创作谈，还要录一段音，跟我的读者朋友们说说话。

那时，我正在珠海采访港珠澳大桥，想了想，就用手机录下了下面的这段话：

《北京文学》的读者朋友们，你们在第四期上看到我的报告文学《我的生命谁做主？》，关于题目，其实按照我个人的意愿，我是更愿意用《我的生命“我”做主》的。

为什么？

“我的生命‘我’做主”，是想完成一种鼓吹，一种倡导，那就是强化我们每个人的自主意识、生命意识。但主编杨晓升先生认为这样做不妥，把话讲得太满了，我们的社会，现在还做不到让每个人的生命都由“他自己”来做主。

我小做思考，觉得是。便不争。

不知为什么，2018年，仿佛应了那句老话儿——“老天爷这是要收人啦”。

过了春节，先是3月14日，我看到世界著名物理学家霍金先生去世了，他才76岁，看到这个消息，我心里被狠狠地拧了一下。十年前我在香港做记者的时候还曾经有幸近距离地拍摄和报道过他，这位身残志坚的学者，患有肌肉萎缩性侧索硬化症，全身唯一能动的地方只有两只眼睛和三根手指，还不能说话，虽然如此，他也没有放弃科学事业，并一生为科学做出了种种特殊的贡献，他的生命焕发出多么辉煌的力量！

跟着，前几天，于贝尔·德·纪梵希，没错，就是我们很多人熟悉的那个老时尚品牌的创始人——纪梵希，91岁的他也安安静静地离开了人世。纪梵希一辈子成就无数，却始终未婚。这一生，他让无数女人粲然地笑过，但是几十年守护着的却只有一个女孩，那个女孩是谁？对，就是国际著名的影星——奥黛丽·赫本。

1953年，纪梵希那时还是一个不知名的设计师，赫本已经因为出演了电影《罗马假日》而声名鹊起，从那时开始一直到以后的几十年，他爱她，地球人都知道。赫本病重，他借来了私人飞机，把她小心翼翼地送到瑞士去休养，飞机的舱门一打开，哇，机舱里都是他为她准备的鲜花，满机舱啊，多么浪漫！

还有他，2018 年 3 月 18 日，台湾著名的作家李敖先生也走了。头一年，这位以狂傲著称的战士，迎来了他的 83 岁，同时也遭遇了他的人生的一个大坎儿，就是查出了脑部罹患肿瘤。当时医生就告诉他“最多还能活 3 年”。

去年 5 月，李敖先生因放射性治疗导致免疫力下降，感染了急性肺炎而住院，一度也被送进了 ICU，甚至医生也已给他的儿子下了病危通知书。但是李敖没有害怕，这位在文化世界征战了大半生的文人，在知道自己就要走向另一个世界的时候，决定要和自己、和他人、和这个世界来一个和解，做了一档视频访谈节目，叫《再见李敖》。他用这种方式与家人、朋友，甚至是自己的敌人见上最后的一面，和大家做一场告别，用他自己的话说就是要“让大家再一次见到我，再一次认识不一样的我，见证我人生的谢幕”。

霍金、纪梵希、李敖等，这些有着伟大情怀的人们，他们尽管不是神仙，最后也总是要退出“生”的历史舞台，但他们的生命在“活着”的时候就是高贵的，就是由自己“做了主”的。难道不是吗？我以为是，至少如果我能像他们一样“为自己的生命做主”做到这份上，就已经知足，感觉很好了。你们觉得呢？我亲爱的读者朋友们？

……

这则和读者的音频，是我自己用手机录的，事先没有写成文字，但我一口气说下来，几乎没有中断。而如果再多给我一点时间（说好了只有 3 分钟），我还想对读者说：其实对于人，生和死都不是最重要的，最重要的是我们人活着的时候，在“生和死”的舞台上怎么演出，怎么谢幕。

2018 年，还不到年底，人们的耳边已经不断传来坏消息：

盛中国：著名小提琴手，77 岁，去了……

师胜杰：著名相声演员，66 岁去了……

臧天朔：著名歌手，54 岁走了……

布仁巴雅尔：著名歌唱演员，吉祥三宝中的父亲，58 岁，好好地吃着饭，给40年聚会的同学们唱完歌，忽然就晕倒停止了呼吸……

还有：

谢天顺：著名相声演员……

朱旭：北京人艺老演员，88 岁……

高玉倩：《红灯记》中的李奶奶，到年根，92 岁也走了……

此外：

李咏：原央视主持人，《幸运 52》《非常 6+1》，癌症，17 个月后死于美国……

金庸（查良镛）：一代武侠小说大师，全球华人心中的山峰，虽然已经 94 岁，但……

这些“著名的人”一个个轰然倒下，令人惋惜又无可奈何，而离我们更近，那些不那么“著名”的，平民百姓，还有更多。有的意外，有的喜丧。仿佛2018年是个“死亡警年”，也让我正在书写、呼唤生命教育的时候，有着一种时代的催促和我个人的时不我待。

当然，人之生，走过千山万水，阅尽人间无数，无论你是名人，还是普通人，也不管是2018年、2017年，还是2019年，每一年都会有人故去，而每个人走完了自己的一生，都要谢幕，终要谢幕！所不同的，只是我们自己的生命，包括怎么活、怎么死，是否都由我们自己来做主，而不是按照世俗的标准、金钱和名利的标准，去做，去度过自己的一生。那是不同的，大有不同。

其实，旧时的老人，能吃能喝能动能走，就把自己的寿衣都做好了压在箱子底，有人甚至把棺材就放在自己的堂屋，每天进进出出，看着也不怕，不仅不怕，时不时地还会嘱咐后生们“给我擦擦灰、上上漆”。

如今，现代人一般不用棺材了，也没有什么“入土为安”，但是我们的“心”真的不需要被“安放”？早一点明白归途，做好准备、选好方式?

优生——优逝，好来——好走。

有一天我突然想：能不能试试让想象的脚步“走过终点”，然后再回过头来“看一眼”自己的生命?

那时候你可能会更在意“生”的过程。

我们本可以把生命安排得更顺心顺意，更属于自己，可以有一点意义，可以有一点勤奋，我们努力了、尽心了，然后带着一心的满足，一心的安慰、坦然，“好好地走”。

现在，你“超越了死亡”之后，依然可以“重新回来”继续过你的日子。

只不过此时，你的心大了，你已经找到了内心的勇气与平和，并很可能在真的、最后一次合上眼睛之前，留给世界一份安详。

多好啊，天不蓝都蓝，海不阔都阔。因为你可以让它们变蓝、变阔。

你的心，真的大了——

有钱这样花，才算大赚特赚！

1994 年，一颗由中国科学院紫金山天文台发现的 2886 号小行星被命名为“田家炳星”，并得到了“国际行星命名委员会”的批准。

田家炳是谁？香港的“皮革大王”，中国的“百校之父”。

为什么这样说？

田家炳作为商人，很早就赢得了香港化工工业“领军人物”的桂冠。但是这个“商人”与其他的商人不同，他一生不仅乐善好施，而且几乎倾其所有。1982 年创办“田家炳基金会”，仅在中国范围内，到 2018 年，就已经累计捐助了大学 93 所、中学 166 所、小学 41 所、专业学校及幼儿园 20 所，此外还有大约 1800 间乡村学校的图书室。

2018 年 7 月 10 日，田家炳先生以 99 岁的高龄辞世。

最早我看到这个消息，不是在媒体、在网络，而是在我们北京师范大学艺术与传播学院的微信群——“武林门”里。

我的导师黄会林先生代表艺术与传播学院的全体师生，第二天一早便在我们学院田家炳先生的雕像前缅怀并沉痛哀悼了这位对北师大也有着资助之恩和影响力的伟大的慈善家。

因为慈善而长寿，因为活着是为了“众乐”而有意义，这是世人对田先生的敬仰。

1998年我开始在北师大读研的时候，我们艺术系，当时还没有升格为艺术与传媒学院，上课的地点还是在北京定阜大街的老“辅仁大学”内。办公室就是一处小平房。房子不仅窄、小，而且因为老旧时常漏雨，墙皮不断剥落。

那时候系主任黄会林老师就代表北师大请求田家炳先生为我们学校捐资，让一所王牌大学的艺术学院不至于如此的简陋和不堪。田先生到了北京，亲自在小平房里坐了坐，听校方的改造决定和办学的愿景，随后便慷慨解囊500万，为我们艺术系在新街口外的铁狮子坟校区盖起了一座气势恢宏、漂漂亮亮的艺术与传媒学院。

2005年，我博士毕业，学校戴帽、导师拨穗儿，师生照、集体照，就都是在艺术与传媒学院的新大楼门前高台阶上拍的。

所以说起田家炳，我们学校也和全国近百所受过他捐赠的学校的师生一样，很熟悉、很感激。尤其答辩之后我又回到香港继续做我的央视驻站记者，次年黄老师来港，在我家吃饭，又说起田家炳先生，非常感慨，就嘱我：“一定要为田先生好好地做上一个电视专题——你愿意吗？”

我说我愿意。当然愿意。怎么会不愿意？

于是立项、策划、访谈、拍摄，我做了一期《尊师重教的田家炳》，在央视黄金时段的新闻里播出了，同时又写了一篇文章，题目叫《田家炳干吗要重归“平民”？》，收录在2007年我写的书《晚来香港一百年》里。

这一次采访、写作，我亲眼看到田先生的平易和伟岸。88岁高龄了，第一次联系竟是老先生亲自打电话给我！

在香港，特别是后来驻港多年，我见过很多的富人。一般的富人，十有八九都愿意掏些银两来回馈桑梓，救济贫弱，这样就形成了我在内地从来都没听说过的“捐献文化”。但是香港的“捐献文化”尽管盛行，可在富人当中，有人拿出财产的百分之几、十几，甚至更多的一部分来捐助内地的教育与医疗，已经让人肃然起敬；而田家炳先生却不只限于此，他是慷慨解囊，这个“解囊”是把他自己的“家底”都掏空！什么意思？卖了豪宅、抵押了工厂，几乎将自己一生的全部所得都拿出来捐献教育，自己则甘愿过简朴的生活，甚至租房，住到九龙塘一处120平方米的很普通的居民公寓，重归“平民”的行列。

有人说田家炳为了公益和慈善，把自己由富人“捐”成了穷人，这是一种极致的说法。但田先生的百年人生，捐赠与节俭，是其一贯的风格和追求。

采访的时候，记得我向老先生求证，问：“田先生，听说您一双鞋穿了10年，袜子补了又补也不舍得扔，是不是？”田先生点点头说是。

“听说您手上的电子表款式太旧了，有时还不好意思戴出来示人，就把手表藏在口袋里，是不是？”田先生也点点头说是。

“再有，听说您外出时还总是自带矿泉水，出去住店了也还要自己带着香皂？”

田先生都统统地点头说是，而且认为：“那又有什么呢？都是小事。节约是一种美德，也是一个习惯。”

1998年亚洲金融风暴，香港经济连续几年低迷，田先生为了恪守捐资的承诺，2001年4月，在大厦租金收入不足的情况下，毅然决然将自己亲手设计、居住了37年的九龙塘豪宅变卖出售，得款5600万港元，悉数都用到了捐资教育上。

采访时我也提到了这件事，说：“这也不算大事吗？有没有这件事？”

田先生回答说：“是，有。但是卖掉了洋房，得款5600万，这些钱一个月的利息就是40万，不卖、不变现，睡一宿觉就浪费掉一万多，不是更可惜？”

看，田先生的逻辑。

洋房变现了以后，田先生和老伴就一直住在租来的房子内。后来我说：“那儿女周末都回来了，一大堆的儿孙呢（田家炳有9个孩子），大家都上哪儿去合家团聚？”我这么说，差不多是在替田先生的儿女们“鸣不平”。

田先生听了我这话，稍微愣了一下，说：“啊？哦，这个问题我还真没怎么想，还真不好回答你。不过一个人兜里有的是钱，10个亿变成100个亿，还不就是在后面多加上了一个零？能吃多少、睡多宽？但是如果你能把钱花出去，捐献，有钱这样花，才是大赚特赚，变独乐为众乐，那你的事业不是也还在扩大，不还是你的事业？”

……

2018年7月22日，田家炳老先生辞世后不久，他生前创办的慈善机构——田家炳基金会在香港文化中心大剧院举行了千人追思会，香港特区行政长官林郑月娥、香港中联办主任王志民、海峡两岸暨港澳地区教育和慈善界代表、很多受捐学校的师生代表以及社会各界人士们纷纷到会，追忆先生的人生，为他的大慈大爱站台点赞！

我没有条件回到香港亲自来到先生的遗像前站一站，给先生再鞠上一躬，但是我看到他的学生回忆，说先生捐了学校那么多钱，但他前去参观的内地的学校要安排车子给他坐，他都拒绝，安排他住宾馆他也拒绝。田先生就要求住在学校内。这让我想起12年前采访的一个“佐证”，田先生曾经跟我说：“你的老师黄会林就知道我有这个喜好，所以到了内地，我也不住套房、不进馆子。就在学生食堂吃饭。那一次黄老师给我要了几盘饺子，我高兴呀。那饺子很好吃！奢侈浪费不仅可耻，于人于己也都没有什么用处。不是吗？哈哈！”

田家炳的笑，就在我的耳边。

12 年的时间阻隔，这声音似乎并未衰减……

能不能帮你——驾驭本能？

面对生死，人求生的本能往往非常强大，但这种本能应不应该被关照、被管控？有时。

比如说我们重病缠身，医生已无回天之力，“疼”，作为一种代价，很多人在临终之前试图用它换取“百分之一”的生还的可能，这种生存的本能不受谴责，因为它是“本能”。但是我们用疼，用备受折磨来换取可能的“生”，一旦这种“换取”没有了回报，“疼痛”和“备受折磨”又值不值得付出？我这个问题有多少人想过？相信有很多人！因为太多太多的纠结经常发生在医院的病床边——

本能没有错。

理性也没有错。

一天我想，该抬头瞭望一下世界了，或许在我们的眼界之外也有他人的智慧？

此时，《生前预嘱》的采访才刚刚开始，有一天我踩着门铃开门，从快递小哥手里接过了新一期的《财新周刊》。文人嘛，习惯从后面的“文化”专栏看起，不经意我发现有位作者，在文中提到了一本书，一本美国人写的书——《当呼吸变成空气》。哇，题目很抽象，不知为什么就感觉它是与生死相关的，就急忙往下仔细看。这一看，我放不下手了。美国医生保罗用了很长的时间来研究“神经外科”与“人活着的意义”，却在自己36岁的时候被诊断出得了肺癌（四期，最严重的一期）。他脱下白大褂，换上病号服，在曾经给别人看病的同一家医院接受起同事对自己的医治，然后在“与癌共舞”的日子，用生命换取了对死亡最真切的体味并将其写成了这本书。

《当呼吸变成空气》的译者在序里这样说：“原来还有如此平静柔韧而又勇敢刚毅的力量……让我深夜辗转难眠，爬起来再次翻开这本小小的书时，感觉手捧千钧！”

保罗怎么了？何以会得癌？

工作、拼命，一天经常干十几个小时，回到家里倒在地板上就呼呼睡去，第二天6点又要起来再去医院。

在做住院医生的阶段，他和很多美国的同行一样，很想成为一位有名的医生，继而成为神经学领域的科学家，因此，在追求梦想的路上甚至眼看着婚姻“亮起了红灯”也不管，就一路勇往直前地往前冲。

在书里，保罗对于自己的身体、心理，做了很多记录，那是他做医生时无法体会的，他甚至认为：“得这样的绝症，对于一个想要理解死亡的年轻人，难道不是一份很好的礼物？”

礼物？

“死亡是一份很好的礼物”？美国人竟这样想！

“我全身无力，本来特别能唤起愉悦的进食，对我来说就像喝了海水一样的受折磨……”

“我开始不断呕吐出绿色的胆汁，那种粉笔一样的味道和胃酸大不相同，是从内脏深处涌上来的……”

“我突然惊觉自己已经经历了（患癌的病人的）悲痛的五个阶段，那就是老生常谈的否定—愤怒—讨价还价—消沉—接受……”

“作为医生，我知道不要去宣称什么‘抗癌是一场战斗，我会赢’，也不要问‘为什么是我？’，答案是：‘为什么不是我？’……”

“我独有的顿悟：医生的职责，不是延缓死亡或让病人重回到他们过去的生活，而是在病人和家属的生活分崩离析时，给他们庇护与看顾，直到他们可以重新站起来，面对挑战，并想清楚自己今后该何去何从……”

你能想象吗？当保罗被高度怀疑可能要面对“坏消息”的第二天，他竟跟妻子商量并决定：“冷冻精子，赶快要个孩子，我们要继续活着，而不是等死。”

“我过世以后你一定要再婚。”保罗对妻子露西说。

而露西在本书的后记里也这样描述：“确诊的那天，他哭了，他允许自己敞开心扉，接受别人的安慰……”

“他努力再努力，就是要保障我的未来，不遗余力地确保我能继续好好地生活，不用担心财务问题，可以按照我的心愿工作奔事业，并享受一个母亲的天伦之乐。”

最后，保罗“走”了，他对自己死后肉身的去向并不在意，却反复嘱咐家人一定要把他的书发表出去，让别人参考。

妻子在他死后说出了一段肺腑之言，全世界的读者都希望保罗能听见。那就是：

“说心里话，我最想念的那个保罗，竟然不是与我初坠爱河、风度翩翩、神奇又身强体壮的保罗，而是生命最后一年，那个全神贯注、浑身散发着人性光辉的男人……”

掩卷我一直在默默地流泪……人类的泪水里，有时包含着一种成分——力量。

死亡，生命宝贵的回音壁！

2017年4月26日，我家“又出事”了。

家里的“灰灰”，一只被我们十分宠爱着的猫，无声地“走”了。

一条猫走了有什么值得大惊小怪？

多少人家养宠物都要面对小生命突然或意外死亡的结局，这是寻常之事。

但是，生命就是生命，生命没有排序。灰灰带给我们的太多，它是一只猫，同时也是一个精灵，它是“教育”的替身，“死亡”也仿佛是它为我授出的最后一堂课。

这一天白天，我和先生去八达岭陵园为父母扫墓，每年的这件大事都被安排在清明之前，但是这一年我一直都找不出时间，父母已经在梦中出现过几次，我也因了梦中的惊醒而不能原谅自己——只要有人思念，亲人是不是就永远都不会死？对。不能让父母死！思念不断，生命无涯！所以我们要年年去扫墓。

晚上，从陵园回来还不到8点，我有点累，洗漱完毕，心无牵挂了，就准备早点上床，看看手机，然后困了就睡，第二天还有很多事情要办。但是……

我轻轻地走进卧室，灰灰此时就像往常一样，已经窝在了我的床上，等着我这个“猫妈”和它说说话、玩一会儿。

我边进屋边嘴里喊着“灰灰”“我的灰宝宝哎”，边来到它的身边。并不指望它的回答，更多的时候它也不回答。我们双方都已经习惯了，人猫共识，每天如此。

我就这么叫着，然后坐到了床边，灰灰此时正占着我躺下的地方，我就顺手抄起它，把它抱着，一边捋着它的毛一边跟它继续絮叨。

但灰灰被我爱抚了一会儿，想下地，就从我怀里挣脱，跟着从我的两腿间出溜到了地板上，然后卧下，后背顶着大床旁边大衣柜的踢脚线，四肢向前“伸着懒腰”——这个姿势和动作，是我看过一万遍，是非常家常、非常熟悉的。

然而这一次，“灰灰”伸完了懒腰，并不把前腿儿、后腿儿自然地往回收，就是那么直直地伸着，让我感到它的动作有点僵。

我就问：“灰灰，咋啦？”同时伸手去摸它的前爪。

这一摸可不得了，我可吓坏了，灰灰的爪子没有了反弹，我怎么摸，它怎么瘫，然后一动不动。

我感到有问题了，就急忙喊正在睡房外打电话的老公，说：“快，老公，快来看，看灰灰怎么好像——”

老公听到我在喊，放下电话，马上来到灰灰的身边，这时候（中间也就过了 3 秒钟吧？）灰灰已经变成了如下的样子：四肢前伸，身体和头已经侧躺着并完全展平，眼睛也没有了神采，同时最让人害怕的还有它的小舌头，此刻已经从牙齿间向外伸出来了一个小小的三角，粉色的小三角，身体下面还有液体溢出，让人想到这可能是大小便失禁了……

天啊，灰灰！灰灰怎么会变成了这个样子？刚才还好好的呢！

我方寸大乱，心慌地一阵跳——死，死，死了？为什么啊？

人有无常，动物也是一样。

我们永远都不知道“明天”和“意外”哪个先来。

我的心继续慌慌地跳着，一边赶快穿衣服（之前已是一身睡衣了），一边迅速在心里想着附近有什么医院？怎么去？怎么以最快的速度去救“灰灰”！

但是到了医院（我们在女婿的电话导航下，最多用了 5 分钟，就到了离家最近的一家宠物医院），医生都没有给灰灰做什么心肺复苏，进行什么抢救，就说：“为时已晚，不好意思，你们的猫已经断气了。”

啊？明明有月亮，但那天依然黑得很厉害！

老公抱着灰灰，用脸贴住它的额头，哗哗的眼泪和着呜咽往下流，一个男人，尽管是我丈夫，我也几乎没有见到过他这样的哭……

无论如何，前后几秒钟，我们的灰灰，一只欢蹦乱跳的 3 岁小猫，就这样说没就没了。

当天晚上，我们从医院回来，女婿和女儿随后都很快赶来，大家一起打着手电筒在楼下的小院子里给灰灰挖了一个半米见方的墓穴，灰灰躺在里面，像平时睡着了一样，它的死像完成了一件事，一种宿命。

灰灰被埋了。土坑填平。我们在它的墓坑上压了四块砖，然后用鹅卵石围了一个直径半米的圆圈，灰灰就这样永远地被安置在了我们的身边，我知道它很满意。

第二天早上 6 点半，我醒过来，生物钟。以前我每天都会在这个时候被灰灰弄醒，它先围着我的枕头绕一圈，把我这个“猫妈”弄醒，接着到外屋老公的床上再把“猫爸”叫醒，然后就坐在他的枕头边上待着，等着早饭，可以待好一会儿。

我泪如泉涌，以后一连数日，我都明知灰灰已经离开了我们这个事实颠扑不破，但我不信，没有办法相信。因为家里到处都是灰灰的身影，到处都是它的痕迹。

每天，老公开门从外面回来，灰灰一听到开门声，甚至刚听到老公哗啦哗啦掏钥匙，那一刻不管它在哪儿（我多次亲眼看到过的），肯定都会“腾”地一下子站起来，一路小跑着跑到大门口，不近不远地坐着，迎接“父亲”……

而说起这只猫，我先生这一生都是不爱猫的，甚至是很讨厌小动物。但后来，灰灰把他彻底改变。

曾经，我和女儿说："你可不知道家里有了一只小猫会给大家带来多少快乐！"老公讲："得了吧，你们快乐了，我可惨了。一只猫，爪子会把家里的沙发、床、卫生纸、拖鞋什么的都抓烂，屋里又是屎又是尿，整天臭烘烘的。"

看他那样子，一辈子都不会同意我们养猫，也不会允许我们在家里养任何的宠物。

但是自从有了灰灰，他再也不说这话了，不仅不说，而且爱灰灰爱到没有条件、没有尺度。

猫在哪儿，他的饭就开在哪儿。

每天到了家里要开饭的时间，我喊老公"吃饭啦"，灰灰也喵喵地叫着要喂它，这时我老公就会先喂猫。这猫在"猫爸"的眼里永远是第一位的。永远都没有烦过。以致很长时间以来我都已经习惯只要一开饭，就得等老公先把猫喂好。而且灰灰吃饭的样子根本就不像其他的猫，其他猫是会自己去塑料盒子里找猫粮的，我们的灰灰就要老公把猫粮捧着，它要在手心里吃。一天几顿，老公蹲着，灰灰躺着，有时身体还会随便靠在沙发、楼梯、椅子、柜子的踢脚，老公就也只能蹲下来，猫着腰，整个身体拧着劲儿地去够它的嘴。

有人说爱动物的人，人善，可靠。

动物用无限的亲昵、不离不弃、久久的陪伴来回报人类，也让爱动物的人从内心深处焕发出一种或许自己都意识不到、不曾有过的情感，单纯的、没有戒心的、不存在讨价还价的、自然而轻松的爱。

灰灰就是用爱、感恩与回报来对待我们家里的每一个人。

它脖子上有个小铃铛，铃铃铃儿地走到哪儿那声音就会跟着摇到哪儿，如今，这美妙的声音再也不会出现了，从此消失了。

猫走的当天晚上，我看到老公把小挂铃从灰灰的脖子上解下来，放进了一个装首饰的软布小兜里，他是要收藏，要把灰灰的声音连同灰灰生前带给我们的一切美好、快乐都统统地收藏起来，供以后他老了慢慢地回忆。

灰灰的走，悲伤之余我知道我也收到了一份礼物，什么礼物？老公的转变。

他对这只猫太走心了。

自从有了猫，很少见老公烦，很少见他发火，人变得平和，很明显地可以容忍过去自己不喜欢、不习惯的事情，而这些我知道都和灰灰有关。

灰灰是天使，是上帝派来我们家的一位“放心天使”——它的使命就是让我们这个家，让我们家里的每一个成员因为爱而懂得爱，因为满足而懂得感恩，从爱动物开始——开启人类的善良、天智，对自己的人生以及生活有一些重新的认识。

事实上，灰灰的墓地，我们每天推开卧室的窗，就能看到。

有了它，我说的是灰灰的来和灰灰的去，我仿佛再也不用担心家庭不和，夫妻吵架、分手、离婚，甚至比吵架、分手更可怕的“冷战”。

灰灰被安葬后，老公经常出门绕几步就去看看它，拔一把野花悄悄地放在它的墓前。这个像天下90%以上不会表达自己情感的男人一样的丈夫，一下子久违地让我看到了他内心的柔软、柔情，这是我跟他过了快一辈子都很少见到的。

灰灰用生命和死亡搭建了一处“回音壁”，让回声使我们安静、放心，让我们——幡然醒悟。

明白了，灰灰，你放心并且安息吧！

我知道今天我该怎样做，而且知道我的余生，每一天都该怎样过了……

“死亡”是生命最好的老师！

人们一路怕老，一路怕死，又不知该怎样为这一趟旅行提前准备行囊。

但生老病死，谁也逃不过宿命的归途。

十几年前，2006年8月12日下午6点钟，一位中国的外科医生——北京军区总医院原外一科的主任华益慰，与世长辞，终于永远地离开了认识他、熟悉他的很多人。很多人难过不已，泪水长流。

为什么我要说华主任是“永远地离开”，而且前面还要加上一个“终于”呢？

华医生的“死”太艰难了，他忍受了巨大的病痛折磨，更用自己的生命给医学提供了一份残酷的启示。

外国有医生用自己的死做“老师”，中国也有。

直到2014年8月，有网友还援引《健康时报》发布的一篇文章《死亡才让我清醒——一位著名肿瘤专家癌症晚期的临终感悟》，还在介绍这位医德好、技术高，深受患者爱戴的好医生——他活着的时候带着爱心去救治病人；死后，又用临终遗言颠覆了自己行医过程中长达几十年的一些传统做法，向后来者提供了一份“死亡的证词”——

怎么回事？

2005年7月，华益慰医生饭量突然减少，消化不良，他知道自己可能有问题了，就去检查。但三次检查，本院的，北京医院、301医院的，都没有发现那个“弥漫性第四型胃癌”，也就是医生们常说但又很怕见到的“皮革癌”。这种癌把整个胃都变成了“皮革”，很韧、很硬。发病率极低，极难检查。华医生自己是医生，他知道事情的严重性。后来检查结果出来了，果然证实了那个“很怕”的担心，华医生不用看检查报告就知道自己一定是到了回旋余地很小的晚期。

作为一名从事癌症防治的一线医生，华益慰曾经给无数的患者做过手术，这一次自己中招，思维里只有传统的治疗方案，这个“传统方案”就是把胃全切了。

胃被全切掉之后，小肠与食道被连接起来，这样的治疗，就是传统的。但这样的治疗后，由于人身体里没有了贲门，肚子里碱性的肠液和胆汁就会不住地往上返。

华益慰的返流现象特别严重，食道烧得疼，嗓子都经常被呛得发炎，连耳咽管有时也被刺激得很难受，于是人只能半卧，根本不能平躺。

这些症状都和过去“他治疗的病人一模一样”。

然而，为了生存，为了百分之一、千分之一的生命可能出现的奇迹，他咬牙忍着。

只不过与癌症的战斗不是一天两天，也看不到终期。这一点他心知肚明。

胃全切除后的痛苦还没有结束，下一个煎熬已经接踵而至，那就是为了控制癌细胞的扩散，华医生必须接受腹腔“热化疗”。

这个“热化疗”过去不知道是什么滋味，现在自己尝试了，“那个难熬”，用华医生自己的话说“我都不敢想象我是如何坚持下来的——90 分钟躺在那里不能动，腹腔加温到 41 摄氏度，人不停地出汗，大汗淋漓，以致化疗结束后我都不得不连续换了两套衣服”。

每次治疗后，华医生腹部便阵阵绞痛，疼得他在病床上翻来覆去，需要用药物来止疼。

华医生一周化疗两次，一个月就要做八次。

这期间，他根本没有时间充分休息，身体刚缓和一点，马上又要来下一次。

“原来他身体的基础很好，第一次手术后体重还维持得不错。如果不做化疗，慢慢恢复饮食，也许他能恢复得好一些。但是，化疗把他彻底搞垮了。”华医生的老伴对医生这样含泪说。

化疗期间，华医生不仅呕吐得特别厉害，而且无法进食，只能靠鼻饲管点入营养液。

他和家人都认为这是化疗的反应，扛过去就可以恢复了。

但谁也没有想到，呕吐的后面还有“更大的痛苦”。

化疗结束后两三周，胃肠造影发现，华医生的腹腔已经发生了回肠末段的肠梗阻！

这肠梗阻，不管是什么原因，一旦好人遇到了这样的病症，疼痛也会让人生不如死，何况病人，何况此时已毫无力气了的华医生？！

有医学意见认为华的肠梗阻是由于化疗的炎症水肿所致，所以建议他耐心地等待消肿。华医生就等。

但接下来“等”的日子，消肿没有盼来，华医生的肠梗阻却日渐加重，后来竟连一点点大便都没有了——腹胀、更加严重的呕吐、鼻饲营养液已经打进不去——很快，华医生出现了心脏功能不全，肝、肾功能失常，全身水肿……

在这种情况下，医生只好为他进行以解除“肠梗阻”为目的的第二次手术。

但术后，肠吻合又出现了问题——口儿漏了。肠液、粪便、血液等等统统流入腹腔，造成严重感染，此时，华医生的肠道已经完全不能得到恢复，即使没有癌症，人遇到像他这样的情况，也难有机会再活下去。

太惨了……

一位ICU特护组的护士这样回忆："看到华教授，我惊呆了。"

2005年10月，这位回忆者刚来到军区总医院实习的时候，曾在肝胆外科的病房外面见到了一位慈祥的老人。这老人背着手在过道里散步。当时还冲着她笑了一笑。之后一打听，"哦，原来这位就是咱们医院肝胆外科有名的老主任——华益慰啊！"

"但是，仅仅过了3个多月，那个散步时还冲我笑的慈祥老人，就已经躺在了病床，浑身上下插满了管子！"

ICU的日子难熬到什么地步，不亲身体会，恐怕没有哪个医生能够感同身受。

由于不能进食，华医生每天只能靠各种各样的营养液来支持生命；

气管切开了，医生用机器帮助他呼吸；

腹腔有两条管子，用于引流腹腔内的血液、粪便以及肠道等其他来路的分泌物；

此外还有导尿管；

护理中最为关键的还有随时吸痰，由于此时，华主任已无力咳嗽，需要外力帮助他将气管中的痰液及时吸出，几分钟就要吸一次，否则人一旦被痰液窒息，生命立刻就会和他说拜拜。

在生命的最后几天，华医生开始拒绝治疗了，他不止一次地对给他输液、输血浆的医生说：“别输了，别再浪费时间和药品了——我从前做了那么多的手术，对术后病人的痛苦体会不深，现在自己病了，才知道，才知道病人最后有这么多的痛苦。”

除了自己全程感受了胃癌患者所经受的一切，作为外科医生，华益慰此时还更认真地反思了很多的问题。比如：

“以前，我们对中晚期胃癌患者的治疗都对吗？”

“以后我们对病人的治疗是否应该好好地再斟酌一下？”

“‘胃全切’带来的不光是病人吃饭的问题，还有术后的返流……”

“我们要再做胃切除，能不能‘不全切’？能不全切的就不要全切了……”

临终前，华医生很坚定地给其他医生“交代”：尽管他的胃变成了“皮革癌”，是不能不全切的，但是对于其他的病人，他双手很吃力地比画着：“哪怕只留一点点，都比全切了强，病人哪怕还有一点点胃，就不必遭遇这么大、这么多痛苦……”

老天爷仿佛是故意要让华医生得一场这样的病，让他亲身体会一下病人在完全不懂医学的情况下是如何只能“听命于大夫”“听命于手术”。如果没有真正地感受病人的痛苦，医生们怎么能够知道“痛”是怎样的“痛”，“苦”是怎样的“苦”啊？

尽管“以命相换”并不是华医生自己刻意的选择，但是当这场大考降临到了他身上，华医生没有退缩。他忍着巨大的痛苦“痛苦地总结着”：“对于任何一位晚期癌症患者，‘延长生命’和‘生活质量’都应该成为医生评价、治疗的两个不可或缺的要素。”

外科医生不能只满足于一台手术做得漂亮，医生治病也不能只单纯地就是为了治好哪一个“部位”，“我们还要考虑病人的整体情况！”

华医生“终于”去世了。

他走后，身边的很多医生都幡然醒悟并“接受了华主任的建议”，在为以后的胃癌病人进行治疗时，他们果断地改变手术的方法：能不全切的就尽量不全切；必须全切除的，也改进了术式，然后想办法将病人的胆汁和肠液引流出去，同时用肠子“成型”后代替胃，使病人吃下食物后仍然可以像在胃中一样停留一下，不返流——“这样病人就能舒服得多”。

“死亡是生命最好的老师”——华医生的故事再一次说明了这一点。

其实，中国古代医生给人治病，都是在“用命”——望闻问切——每一个动作都是用自身的感受加上长期的经验去判断病人得了什么病，应该怎么用药、用什么药。

今天的医院我们怎样看病呢?

说出来似乎对全体医生都有些冒犯。

今天的医生，我说的是西医，一般都让你先去检查、化验，然后用仪器和化验结果来“证明”你得了什么病，然后再按照棋谱一般地给你“治疗”，这叫“对症”开药。

医生认为这样的“看病”是科学的，患者也不认为这样的“被看病”有什么不妥。

但你就是不开心，身体不好受，心里更不好受！不是吗?

当然，我所说的“死亡是生命最好的老师”，还有更多的内容，更多的层次，比如哲学的、心理的……

苹果公司联合创始人乔布斯说：“很多时候，尽管生命依然在进行着新陈代谢，但我们并没有活着，或者说我们并没有真正地‘活着’，只有在死亡出现了的那一刹那（或经过死亡的体验后），我们才开始有了真正的生命。”

如此说来，每一个生命的个体，按我的理解，只要没有经过“死”，就没有办法知道“生”？可“人死不能复生”啊，如果人死了，把什么问题也都想明白了，那他也没有时间去说明，去完成使命、兑现价值，又有何意义?

我苦恼。

有一阵子我经常在“生”与“死”的界河两岸来回试探、来回猜测，发愁的是“不能蹚过去，更不能蹚回来”。

直到我看到了华益慰，看到了他临死前怎样一方面忍受着身体的巨大折磨，一方面用有限的时间来研究治疗胃癌，再把想法向同行一一地说清楚，这使命就“落地”了，就非同凡响！

乔布斯用“死亡是生命的最伟大发明”来鼓励自己快去做自己想做的每一件事情；华益慰用“死亡是生命的最好老师”来为晚期胃癌患者探索了一条“至少没有那么痛苦”的治疗新路。从某种程度上说，他们都是幸运的，只是这“幸运”来得太残酷，代价太大。

太大了！

妈妈躺进棺材里

两个同样都是刚刚上小学的男孩，一个在美国，一个在中国。

学者拿这两个孩子来做比较，用他们或主动或被动地接受了“死亡教育”的过程与结果来探讨“死亡教育”的必要性和方式手段，以及为什么一定要这样做。

尽管结论都支持“死亡教育”很有必要，但因为中美两国文化不同，两家人选择了不同的做法，目标一个是“说实话”“不要虚假”；一个是“尽量敷衍”，不要让孩子那么早就知道，“产生恐惧”。

我权且把这两个孩子称作“小美”和“小中”吧。

先来说小中——

小中原本好学、上进，是个很健康、很活泼的孩子，但有一段时间老师向家长反映他总是在课堂上瞌睡，成绩下滑，有时还表现出忧心忡忡的样子。

小孩子有什么理由忧心忡忡呢？

妈妈想不明白。

有一天，妈妈晚上 10 点多走进了小中的房间，想要看看孩子有没有蹬被子，会不会着凉。平日到了这个时候，小中早就呼呼大睡了，但那一刻孩子根本就没睡。不仅没睡着，而且两只手还紧紧地抱着被子。

妈妈问："这么晚了你怎么还不睡？"小中说他害怕，害怕一睡着就再也见不到爸爸妈妈了，"因为一睡觉，人就会死去"。

啊？这是哪来的说法？

原来，平时小中的爸爸妈妈忙，带他长大的是外婆，外婆像所有爱孩子的中国老人一样，平日里不许家人说一些跟死有关的"丧气话"，也不许小孩子问一些与死亡有关的问题。

前不久，经常来家里和外婆聊天的姨姥姥生病去世了，小中好几次看到外婆坐在屋里一个人抹眼泪，家人在那一段时间都经常表现得非常难过。小中就想问问姨姥姥究竟是怎么了，死了？外婆一听，很生气："什么死了死了的，姨姥姥就是睡着了，永远地睡觉去了。"

小中心想，睡觉怎么会"永远地睡觉去了"呢？还接着问："那我能不能去看看姨姥姥？"

外婆这一听，更觉得必须赶快终止这个话题，于是就敷衍，说："胡说什么啊宝贝！你小孩子到一边去玩去哈！大人的事你就别管了。"

就这样，小中心里隐隐地感觉“姨姥姥睡着了”就是死去了，死是一件很可怕的事情，因为人一旦死了就不能再来，也不能让人去看她。

过了一阵子，家里又发生了一件事情，一只家养的小花猫，误食了老鼠药，也死掉了。死得很惨，眼睛鼓着，口吐白沫，临死前还嗷嗷地惨叫。

猫死掉后，家人把它装在一个盒子里埋了。当天晚上小中想起了猫，就哭，就问外婆：“小花猫是不是也死了？死了是不是就再也不能回来了？”外婆又告诉他：“不能回来了，小花猫也是睡着了，永远永远地不会再醒来了。”

得！

外婆的教育给小中带来了混乱，也带来了恐惧。

姨姥姥“睡着了”，小花猫“睡着了”，睡着了便不能再醒来；或许就要被埋。所以他也不敢睡，不清楚自己一旦“睡着了”是不是有一天也会……这样每天一到了晚上，他就害怕，纠缠不休地害怕——

这是小中的故事。

再来看小美——

从一般的意义上讲，美国人反对“用错误的死亡教育，让孩子对死亡产生不应有的恐惧”，但“死亡”本身又是令人恐惧的，所以怎么面对？面对到什么程度？人们也在探讨和研究。

当然，家里或周遭如果没涉及死亡的这个问题，美国人一般不会刻意去说，但一旦家庭或周围有人去世了，在孩子的观察范围之内，他们就要把死亡的事情在孩子询问的第一时间讲明白。哪怕当时的孩子也很害怕，但故意回避死亡，他们认为不仅会给孩子的心理造成不利影响，而且大人们嘴上不说，孩子看到哀伤或者感受到家里人的哀伤情绪，也会害怕。因此，与其带着疑问日后一次次地自己去找答案，还不如提前让孩子知道死亡是存在的，给他们一个尽量正确、恰当的认识。

现在问题的关键来了，什么是对死亡有一个“正确的、恰当的认识”？

死亡是什么？究竟是什么？

小孩子的敏感其实远远超过大人，死亡说到底怎么都会带着负面的信息，那在最初的阶段，大人到底应该把孩子的好奇和恐惧引向何方？

答案不是唯一，教育也没有标准化。

有一天小美放学后回家跟妈妈说：“明天我需要妈妈陪我一起去一趟殡仪馆。”

殡仪馆？这么小的孩子为什么要去殡仪馆？这太……离谱了吧？

妈妈不知道学校为什么要让孩子和家长一起去一趟殡仪馆，也不知道明天将会发生什么。但她很快敏感地认识到这是一堂课，是对孩子进行死亡教育的一堂校外课。于是就只有答应："好，儿子，妈妈明天陪你一起去。"

第二天，小美在妈妈的陪伴下来到了殡仪馆。

尽管妈妈对可能出现的情景还是做了一些心理的准备，但现场依然让她感到震撼。

殡仪馆的广场正中，正躺着一口黑色的棺材。

一位牧师站在棺材旁，微笑着："哪位家长愿意进来体验一下？哪位？"

话音刚落，人群中一阵骚动。

小美紧紧拉住妈妈的衣服，示意她不要举手，不要！

但儿子的举动，反倒激起了母亲的欲望，她相信这是一场设计好了的教育示范，一定会给儿子带来帮助。所以她举起了手，说"我要"，牧师点了头，也点了她的名字。

此时，广场上响起了《寂静之声》，庄严而沉重的音乐营造出一种特别的气氛。妈妈在众人的注视下，慢慢地走向棺材。

开始，小美还紧紧攥住妈妈的手，越攥越紧，不想让妈妈去；但妈妈挣脱了，她离开儿子，走近棺材，然后缓缓地躺进去，深深地吸了一口气，最后又看了一眼儿子，看了一眼"生"的世界，闭上眼睛，听任安排。

这是一场美国式的“死亡教育”，小美长大了，当然能接受；但当时小美很小，不明白这是在演戏，妈妈的表情也不是在演戏。所以，就在棺材盖将要合上了的那一刻，小美撕心裂肺地大哭了起来，他知道“这就是死”，这就完了，妈妈死了！死去了的妈妈不知道还能不能够回来，应该是不能再回来了。所以他大叫：“妈妈！妈妈！你快出来！你不能丢下我！”

听到儿子的呼唤，妈妈的心也为之一震，但人活着，很多残酷的事情是要面对、要懂得的，哪怕是用最残酷的手段。只不过，尽管她这样想，听到儿子在外面哭，她也忍不住在棺材里面抽泣。

十几秒钟后，牧师打开了棺盖。妈妈睁开了眼睛，恍如隔世。

她庆幸自己并没有死，又看见了儿子，并且跟儿子说：“哦，我活过来了，活着真好，只要我们活着！”

儿子扑过来，紧紧地抱住了妈妈，然后说：“妈妈，妈妈，你不要离开我，只要你不离开我，我保证，以后会更乖、更爱你，会更加地听话。”

妈妈搂着儿子，紧紧地搂着，脸上还有泪，但很高兴，甚至有几分庆幸。

一场“死亡教育”就这样以最具体、最现实的模式完成了。

牧师说：“只有真正体验过死亡，才能明白生命所赋予的意义。”

这话是对孩子，也是对妈妈。孩子不一定懂，但他日后想到死，是会和这场殡仪馆里演的“戏”相连。知道“死亡”就是“离开”，真正意义上的“死”，是真正意义上的“离开”，意味着永不再来！

所以妈妈不是“睡着了”“旅游去了”，或“到了一个很远很远的地方出差去了”。

这些传统的安慰，尽管是善意的谎言，但等到孩子长大，长大以后明白了这一切只不过是大人的安慰，是假话，他们的恐惧还要一次次累加，然后直到自己有一天把它弄明白。

何必呢？

美国人这样想。

当然，面对“美国式”的“死亡教育”，抑或是“中国式”的“死亡教育”，哪一个更科学，更能减少孩子恐惧、帮助孩子掌握真知，答案可能还有很多。

但是孩子不懂得死亡，一旦他们长大了，长大成人如同当年他们的爸爸妈妈，或许他们自己也有了小孩，又该怎么教育他们的孩子？

死亡是很简单的，是一个单程的“有去无还”，是肉体的消亡。

但人死了去了哪里？肉体的消亡是不是一定意味着“这个人”包括灵魂也就永远地不复存在？这个问题不分成人、儿童，其实整个世界到今天都还没有弄懂。

去看看“亡灵的世界”

有些人身处险情却绝处逢生，有些人生命被无情地怠慢，“公平”却严重缺席，不承担应有的谴责和制裁。人没了，死亡带走了一切，仿佛就画上了句号，与现世无关。但真的没有关系了吗？世间多少事情能够讲得清？生与死是一本大书，我们不知道的事情还很多很多。

直到2018年年初，这时候我的父亲已经“走”了20年，有一天出差采访，我的同事跟我说起前不久有一部动画片，美国的，很轰动，叫《寻梦环游记》，让我看看，说可以缓解心里的很多块垒。我问讲的是什么？同事说，墨西哥的“亡灵节”，讲人生、现世的人生与看不透的死亡、亡灵的故事。

死是多么可怕，多么沉重，多么令人费解，美国人为什么还要把这个话题制成动画片，给孩子看？

同事说：“嗳，这个动画片可不是您想象的那样，一点都不恐怖，很好看。我是带着儿子去的，儿子6岁。开始还担心孩子太小，看到这样亡灵的世界和随时可以粉碎又重新聚合成人形的一片片骷髅，孩子会被吓哭，大闹离场，但没想到我儿子一路看下来，坐得住，也并没有喊他有什么害怕。”

听了同事的介绍，我就一定要找这部片子了。

影片里，一位叫米格的 12 岁墨西哥小男孩非常喜欢音乐，整个国家都无限崇拜的歌神德拉库斯（已故）是他的偶像。但是他的曾祖爷爷埃克托年轻时因为酷爱音乐执意走向世界、离开了家庭，所以埃克托的女儿——可可祖奶奶撕掉了自己爸爸的照片头像，如今在家里主事的奶奶还摔坏了米格的吉他，就是不许家里再有一丝音乐的响声。

米格无奈，只有在亡灵节的祭坛上偷偷借了一把吉他，想去参加才艺表演，然后成为像歌神那样的著名歌手，把自己内心对世界的感受都化作歌声唱出来。但是，他没想到，他的“偷盗”被人发现，逃跑时慌不择路，从高处跌落，误入了“亡灵的世界”，故事也就从此展开。

人们想象亡灵的世界一定是黑暗的、阴森可怖的。但是《寻梦环游记》中的“亡灵的世界”正相反，这里不黑，灯火辉煌，五彩缤纷。“亡灵的世界”不仅有高楼大厦，车水马龙，还到处盛开着鲜花，人们载歌载舞，欢声笑语，处处充满了生机。电影画面非常漂亮，所以孩子不怕，没有什么理由让孩子害怕。

米格闯入的时候，“亡灵的世界”正准备欢度每年一次的“亡灵节”，一方面等着歌神德拉库斯的盛大演唱会；同时也准备踏过“鲜花桥”，返回人间与自己的亲人团聚。

米格在这个世界，见到了他的姑奶奶、姨奶奶、舅爷爷，甚至自己的曾祖奶奶和歌手曾祖爷爷。这些人，过去在家里的祭坛上都有照片，所以米格都认识。只是曾祖爷爷没有头像，所以米格事先不认识他。

最开始，米格误认为歌神德拉库斯就是自己的曾祖爷爷，但他得知自己的曾祖爷爷其实是埃克托，也是一名歌手，只是后来破落了。当年埃克托因为想家，本来是要回来看望他的家人，特别是小女儿可可的，却被自己的搭档，也就是后来成为了歌神的德拉库斯用毒酒毒死，同时偷走了他写的歌，踩着他的根根白骨而渐渐成名。

米格震惊了，他要回到人间，要带着曾祖爷爷埃克托的照片回家，把照片摆到家庭的祭坛上，这样埃克托就不会因为一直被家人误会而能量耗尽，真正的死去了。

但是，米格重返人间需要亡灵的祝福，天亮就是他生命结束的时辰。

这样，曾祖爷爷埃克托拼尽自己最后的力气，吹亮花瓣，把米格送回了人间，米格飞奔着跑回家，他要揭穿歌神德拉库斯的阴谋，同时更要唤起可可祖奶奶对自己父亲的记忆，让可可的思念来延续埃克托的“生命”。

整部影片讲的是“亡灵的世界”，但核心是“爱”与“永生”。

米格不想曾祖爷爷死，所以拼命地跑回家后，告诉可可：“请你不要再记恨你的爸爸了，当年你的爸爸就是要回家看你、看家人的。他爱你，非常非常地爱你。”

可惜，此时的祖奶奶已经神志不清，她不知道米格在说什么。

米格着急，泪流满面，万般无奈中，他看见了从祭坛上取下来的吉他，想起了曾祖爷爷因思念女儿和家人写下的那首动人的歌曲——“Remember Me”。他立刻不顾家人的阻拦弹起吉他、唱起了那首歌。

慢慢地，充满爱与思念的歌声终于唤醒了可可对父亲的思念，她一边流泪一边从抽屉里取出了当年因记恨父亲而将父亲的头像撕下来的那一角残照，让父亲的头像重新被修复到照片中，摆放到了家族的祭坛上。

这样，曾祖爷爷埃克托因为人间“有人思念”了，他在生命即将真正消失的最后一刻摆脱了“死亡”。

《寻梦环游记》不仅在全球获得了巨大的票房，2018 年 3 月还获得了第 90 届奥斯卡金像奖最佳动画长片奖。

其实，究其故事，《寻梦环游记》没有什么奇特，就是邪不压正，“歌神”德拉库斯被揭发出就是当年的杀人犯，一口大钟在舞台上把他活活压死，结尾很“美国式”。但是就是这部动画片，不仅没有让孩子看着害怕，而且俘获了很多大人的心。

有朋友看完了电影评论说：“这是一部走心又扎心的片子”。

为什么一部关于死亡的电影能够如此地抓住人心、打动人心？不仅风靡全球，同样也震撼了中国这个从来也不愿意正面谈论死亡的国家的观众？

死亡的定义是什么？

死亡之后的世界是什么？

死是生命的终结，还是另一种开始？

为什么生命的基因（比如音乐）可以遗传，但生命中的思念、爱与灵魂就不能被维系在生与死的某种关联之中？

不是曾经有人指出：人类科技发展到今天，我们能够认识的世界，还仅仅是整个物质世界的 5%。这和 1000 年前人类不知道空气，不知道电场、磁场，不认识元素，还误以为“天圆地方”一样，我们的未知世界还有 95%，还有很多的事情我们不知道，多到难以想象！

思念不断，“死亡”就永不发生！

正是因为有了互联网，有了微博、微信，很多科学家的言论可以从学术的庙堂走下来，在社会、在江湖快速扩散、流传，比如，前一阵网传中国著名生物学家、清华大学副校长、中国科学院院士施一公教授在“未来论坛”年会上有这样的一次演讲，题目叫作《生命科学认知的极限》。

施教授在他的演讲中说道：我们人类生命的本质和极限是什么？我们人从哪里来？

我们人的整个出生过程是这样的：一个精子在卵子表面不停地试探，寻找一个入口，找到合适的位点以后，就会分泌出一些酶，然后钻进去。卵子很聪明，一般不会让第二个精子再有机会，所以一有精子进来，马上把入口封死。

精子进来后就被降解，然后精子的细胞核和卵子的细胞核相结合，形成双倍体，“受精卵”开始发育，逐渐分裂为2个细胞、4个细胞、8个、16个，继续分裂下去，这时它就要找到着床的地点了。

着床之后，继续发育。

人们也许知道，也许并不知——短短四个礼拜，胎儿就开始有心跳，慢慢地，神经管形成了，脊椎形成了，四肢开始发育，通过细胞凋亡，又开始形成手指头。而到四五个月的时候，胎儿已经可以在母亲肚子里踢蹬。出生之前，胎儿的大脑发育得非常快，各种神经突触迅速形成。之后成人，然后通过母亲分娩，来到人世。

施教授说："不要忘了，这样一个鲜活的生命就来自一个受精卵。"

是啊，生命如此奇妙。因令人惊奇，所以精彩、宝贵。

人之"生"，被科学家解释得再清楚不过了，我们懂了，只是"死"呢？

《寻梦环游记》播映之后，有媒体发声说我们中国传统意义上的死亡就意味着亲人的别离，而"别离"总是充满悲伤和绝望的，比如"清明时节雨纷纷，路上行人欲断魂"，比如生命和死亡相对，死亡就代表着生命的停止，戛然而止，完全停止。

而《寻梦环游记》呢？它以一种墨西哥式的思维颠覆了我们原有对死亡的想法。

影片传递了一种对死亡的新的认识——"三步死亡法"。这个定义是说人的死亡，至少应该分为三个步骤：第一"断气"，是生理上的死亡；第二葬礼，是社会对你的认可和缅怀；而死亡，真正的死亡还有第三步，那就是家人和朋友再也没有人记得住你了，你

“这个人”被彻底切断了来自人世的思念，这时候的你，才是“真正地死了”；而思念只要存在，人就可以“不死”——思念永存，人便“永生”。

2018 年 11 月 30 日，美国第 41 任总统——老布什以 94 岁高龄与世长辞。

12 月 5 日，小布什（第 43 任总统）在美国华盛顿国家大教堂父亲的丧礼上致悼词。从头到尾，没有人们想象中的沉重，相反微笑不断，不断地“调侃”，他说：“我的父亲 85 岁高龄了，他的一个娱乐就是开快船，他的船叫‘忠心号’，他开足 300 马力，快得像飞一样，留下保安船只能在大西洋上拼命地追赶。”

台下笑。

“90 岁的时候，父亲从飞机上跳伞，降落点是缅因州肯纳邦克波特镇海边的圣安妮教堂，我的祖母就在这个地方举行的婚礼，这也是我父亲经常去礼拜的地方。因此母亲常说，父亲特意选择了这个地方降落，就是为了应对伞包万一打不开的意外，那方便多了。”

台下又是一阵笑声。

小布什当然没有忘记颂扬他的父亲：“他坚信我们必须回报国家和社会。他知道，为他人服务，也能丰富自己的灵魂。对我们而言，父亲是‘闪耀繁星’中最亮的那一颗。”

但他也实事求是地当众承认：“对我们来说，父亲并不完美。

他不爱吃蔬菜，尤其讨厌吃西蓝花（台下又笑）。（而且）顺便说一句，他还把这些缺陷也遗传给了我们。”（台下大笑不止）

……

这样的悼词在中国会出现吗？绝对不会。中国人总是会以万分沉痛的心情叙述逝者的种种“丰功伟绩”，而不习惯接受丧礼中用笑声代替哭泣。

最后小布什依然平静地说：“好了，爸爸，我们会一直想你。你是一个孩子可能拥有的最好的父亲。在悲痛中，我们微笑着永别。亲爱的父亲，您总算可以拥抱罗宾，再次牵着母亲的手了。”说到这儿，他才哽咽，这是我看到他在致辞的全过程中唯一的一次悲痛。

我们中国几千年文明，到现在也没有一所“生命大学”，没有一位老师给我们，给我们的孩子，给我们的老人开设一堂，哪怕仅仅一堂有关“死亡”的课程。

我们像个“巨婴”，身体已经随着年龄长大了，但在“死亡”面前，我们还发育得很差，甚至根本就没有发育。

一部电影，一部外国的动画片，引发了中国人的极大兴趣。这说明了什么？

说明我们其实都很想了解“死亡”，都很想在自己的心中给“死亡”找一个正确的位置。

死亡与恐惧可以分离。

死亡的世界可以充满“生”的气息。

对“三步死亡法”，我们没有办法去追究“是真是假”，也没有必要非要解开“是真是假”这个谜。但这样的“教育”，给孩子带来的概念，是“死亡并不可怕”。人死了，只要家人还一直怀念着他，他就没有在真正的意义上死去，只是换了一个地方、一个世界去生活了。

这不好吗？

这样的“教育”总比以往我们关于死，就只有黑暗、地狱、魔鬼、吃人，早早地就把恐惧种在孩子们的心里要好得多，健康得多，不是吗？

答案是肯定的。

哪怕这答案今天看起来还显得有点“自欺欺人”。

当然，做到“令人怀念”说则容易，做则难。

方法只有一个，那就是当你“生”的时候，你创造、你贡献，这种创造和贡献也许是物质的——家财万贯、荫庇子孙；也许是精神财富，延绵万世、弥足珍贵。那当中，一定有爱，把爱糅进自己的一生，做好事、做好人。

对世界笑一笑吧，善良可以挂在嘴角。

如果愿意，每一个人的嘴角不都是有一颗太阳？

终于看到有一间“生死课堂”！

说心里话，我真的不愿意承认，我们中国这样一个拥有着几千年文明史，有四书五经，有先秦百家，泱泱大国、无数圣贤，到今天，我们的学校，仍很少开设有关生死的正式的教育。

这样说，我是很急切地想呼吁中国要赶快卸下文明历史的“骄傲的包袱”，问一问自己为什么始终“讳言死亡”？为什么至今都不能从一个崭新的高度来讨论生死的话题，这不是和老百姓的生活息息相关的吗？不是和他们的生活质量、生命质量息息相关的吗？

到2019年，有大数据统计：我们国家目前不算乡村、民办，仅正式在编的教师队伍就有大概1600万人。这么多人，难道就没有一位觉得“生死课堂”有开设的必要？我知道这样说是偏激了、绝对了，事实上，在我的母校，就有一个人——陆晓娅，2012年，以“非教师”身份，应邀在北京师范大学开设过一门“生死课”，至少陆老师认为“生与死”是我们每一所大学里都应该开设的课，它和《医学基础知识》是“两条腿”，该把这样的基本教育“提到议事日程上来了”。

看到这样的报道，谁能想象第一时间我们是怎样的欣喜若狂！

我们的“生命教育”太欠缺了，太需要“补课”！

和很多的记者一样，陆晓娅其实是一个曾经对社会“拥有自己的眼睛和嘴巴”的新闻理想主义者。她向外界介绍自己说：“和一般的记者、编辑不同，我在中国青年报社工作的时候，因为创办了为青少年提供心理支持的‘青春热线’，变成了新闻与心理的‘两栖动物’，一只脚留在新闻领域，另一只脚已经跨进了心理咨询和心理健康的教育领域……”

2008 年陆晓娅从中国青年报社退休后，又和热线的志愿者们一起创办了一个公益机构——“歌路营”，服务于流动儿童和留守儿童。再后来，她到大学里去教课了，什么课？就是“生死课”。

为什么陆晓娅要做这件事？她不怕“生死教育”这门课没人听吗？

如果有人听、愿意听，她又想让学生在这样的课上“学到什么”？

有一句话中国人不陌生，是孔夫子说的：“未知生，焉知死？”意思是人活着的时候连“生”的问题都还没有搞清楚，那怎么会知道死呢？

我不知道伟大的先哲是否也有悲观的心态，也有历史的局限，“未知生，焉知死”，我认为这句话正好应该颠倒过来，意思变成“不懂得死亡，我们又如何懂得生命的意义，从而善待今生？”

我想，陆晓娅老师应该也是怀有如此急切的心情的。

事实上，2012 年，陆晓娅老师在北师大开课后，不仅在本校深受欢迎，而且还吸引了很多校外的学生，也包括本校和外校的老师，大家都去旁听。

2016 年，北京《新京报》记者对陆晓娅做了一次很深入的访谈，陆老师也出版了一本自己的书，书名叫作《影像中的生死课》。

陆晓娅说，从 1991 年创办“青春热线”，她这个教育界的外围人，就有机会通过热线电话、读者来信、校园讲座、心理工作坊、危机干预等等不同的形式，走进了校园，走进了大学生的内心世界。通过倾听，倾听他们“生命的”故事，她深深地知道在大学阶段，很多年轻的学子，不仅渴望学习真正的知识，也在迷茫、困顿中努力探索着自己人生的方向，比如叩问“我是谁”“我来自哪里”“我要到哪里去”。学生对这些生命哲学的基本问题是存在探索欲的。但是，这些探索大都是在“暗地里”，除了一些老师开设的心理健康课外，很少有老师去关心和回应这些学生精神方面成长的需要。而“生死课”一般都会唤起人们对死亡的焦虑，“适度的焦虑”从心理学上讲，是有积极意义的。所以我常说选修“生死课”的学生一定是一些很勇敢的学生，他们愿意在这么年轻的时候，就去面对和思考死亡的话题，从“生死学”这个切入点去探索从个体的人到人类的整体所面对的各种挑战，包括怎样去寻求自己的“生命意义”。

这种思考和探索会激发他们去获得自己生活的热情……

通过思考死亡去寻求自己的生命意义，同时激发年轻人寻找生命的热情——这就是陆老师开设“生死课堂”的初衷。

她这样做，让我又想到乔布斯。

乔布斯说，一个人只有在认识到自己是有可能“要死了”的时候，才会去开始思考生命，从而大彻大悟，不再沉溺于享乐、懒散、世俗，不再沉溺于金钱、物质、名位，然后积极地去筹划与实践“美丽的人生”。

“美丽的人生”是什么？都包括什么？

乔布斯一定有他的视野。

每个人其实都应该对自己的生命有一个明确的规划，这个“规划”有时是要靠“死亡”来提醒，因此一些不幸但又有幸与死亡擦肩而过的人总会说“哦，现在我可是把什么都想明白了”。这就是最好的说明。尽管，大部分人因为得不到这种“提醒”，浑浑噩噩、随波逐流地就过去了一生，这也是太常见的情况……

死亡的意义在于让我们知道生命的可贵。

但是，乔布斯已知自己身患绝症，仿佛触到了死亡的胡须，他的认识来得特殊、来得悲壮，陆晓娅呢？

没有绝症，没有生命的威胁，陆晓娅怎么会想到要把“生命教育”搬进大学的讲堂？

陆晓娅说她退休以后一直在做自己喜欢的公益事业，但后来发生了一件对她影响很大，对千家万户又都很常见的一件事，就是老妈妈晚年得了“老年痴呆症”，而且情况越来越严重。陆老师作为女儿，当然需要很多时间去陪她，这让她间接地“瞭望”了一下自己的死亡，然后敏感到：“哦，死亡这件事，不仅仅是离我妈妈，就是离我自己也比较近了，我的生命还有没有其他的可能？”所以她开始思考生死，尤其是死亡，并且觉得要把自己的认识拿出来和高校里的大学生们一起来讨论。

陆老师接受了北师大的邀请。

没有教科书、没有其他老师的课件可以借鉴，陆晓娅的“生死课”要担当开路先锋。

怎么开？

不破不立。她首先想到了要打破传统老师讲课的“规范”，然后从三个“不想”中构建一种崭新的制式——

“第一个不想”：陆晓娅的想法是“不想”把“生死课”上成一门教授“知识”的课，因为她很认同台湾学者辜琮瑜所说的：“‘生死学’不是学问，是生命的态度及对终极关怀的探索。”

“第二个不想”：陆老师不想把这门课上成一门“我唱主角”的课，学生的发言不过是一种点缀——她要学生都来参与。

“第三个不想”：陆老师不想把“标准答案”硬加给学生，她觉得“生死问题”太过复杂，不仅涉及的学科众多，而且每个人也都会因为经历、处境的不同而形成不同的认识，认识之后的“再认识”，因此这个问题本身就“没有”标准答案。

因了这三个“不想”，陆晓娅老师开始了一次未知的教育探险。

而生与死的领域，是那样的辽阔，未被开垦，所以——“天高任鸟飞，海阔凭鱼跃”。

当陆老师发现自己可以自由地驰骋在探索的空间时，内心充满了兴奋!

她自己说，她理想的模式，就是能将学生“抛到”一个场中，这个“场”既能激活他们已有的生命体验，又能让他们产生思考。

这个场，应该是情感与理性同在的，体验与学习共生的场。

有一个清晨，陆晓娅在淋浴的时候，脑袋里突然闪出了这样的一个念头，什么念头?

能不能借助“电影”来上生死课?

电影作品源于生活，又高于生活；有指向性，但又不确指，是谈论生死的好平台。

随着这个念头，陆老师脑子里飞快地冒出来了一批电影，很多经典镜头从心头泛起：

《遗愿清单》——再不疯狂，我们就没有时间了!

《岁月神偷》——当你发现时间是贼，他早已偷光了你的选择！

《入殓师》——对待死的敬意，犹如对待生的真诚！

《死亡诗社》——这一刻，我开始懂得了命运应该属于自己！

《21 克》—— 生命中总有一些不可承受之重！

《本杰明·巴顿奇事》—— 我们总会失去所爱之人，要不，怎么会感到他们有多重要？

……

除了电影，陆老师还想到自己看过的很多书，都是关于生死的，比如《生命伦理学》《生命的脸》《死亡的脸》，还有触动人心的《汉娜的故事》以及摄影家拍下来的《生命的肖像》……

这些电影、书籍，加上她过去在报社做“青春热线”的时候，因为多次走进大学的校园，对学生进行过“危机干预”，一些年轻生命的陨落总是让人心痛并生发出很多的思考。陆老师打算把它们“烩”于一锅，这个“场”，是无形的，但又是新颖的——

所以，陆晓娅的“生死课堂”最后演变成了《影像中的生死课》。

在这样的课堂上，她不让自己扮演成一个“传道、授业、解惑”的老师，她要让学生把她看作大家思考的平台和支架的提供者、大家对话与讨论的促进者、大家情感的支持者。

三个“不想”，加上三种“角色”，使陆晓娅的课充满了生命的激情。

尽管课堂上展示的全部都是“生与死”的话题，但是这个讲堂，没有残酷、没有绝望，相反却充满了睿智与新知。

对于陆晓娅的“生死课”，首都经贸大学的一位心理学教授杨眉老师说：

如果你有幸进入陆晓娅的课堂，一定会被她那创意无限的课堂设计、充满智慧的提问和对各种“问题”资源取向的解构与重构所震撼。作为一个创造出“生成式”课堂的老师，陆晓娅具有十分特殊的教育敏感性和创造力。她能够将课堂上出现的一切都转化为教育资源，使师生始终围绕着“生与死”的话题，在互动中经历思考的痛苦与喜悦，从而养成独立思考的习惯和能力……

陆老师的课堂，不仅关注死亡的发生，更关注生命的存在。

通过电影、故事，讨论、争辩，激发学生思考如何活出自己生命的意义，思考如何与他人在这个世界里共存、共享，思考如何让这个世界因为自己的存在而变得“更好一点，再好一点”。

“生死课堂”在开设初时，陆晓娅曾经对来听她课的大学生们进行过问卷调查——她让同学们都填一张“小纸条”。

她想知道中国的大学生真正的需求是什么。

这些“小纸条”数量最多、差不多要占到1/3的回答是“我要认识死亡”“我要找到对抗死亡焦虑的方法”“我要学到如何面对自己、亲友的死亡”“如何安慰其他面对死亡恐惧的人”，以及“希望能知道人死后会去哪儿”“能学会直面死亡”，等等。

这似乎在说明，虽然死亡在生活中如影随形，但是文化已经把它变得难以言说，这反而激发了学生们对认识它的渴望。

陆老师在课堂上建立了一个“场”，而我却看到了一片天空。

在这片天空中，我不知道陆老师的成功，是不是因为我们的大学生，我们年轻的“孩子们”，对于“生死”，过去思考的、见识的实在是太少了，满目荒漠只需要少许的智慧之水就可以浇灌出一片绿洲？

但事实上，相比于学生，中年人、老年人，身患重病、精神出了问题的人，他们离“死亡”是不是更近？跟他们探讨这个问题是不是更现实、更迫切？

其实，为了做我的“生命系列”电视片，也为了日后我有“材料”写关于生死的一本本书，我和我的摄制小组采访了很多实例，研究了很多故事，我们知道世上有很多智者已经发表了很多他们对生死的看法，只是没有在中国得到大面积的传播，比如：

蒙田曾说：“预前考虑死亡就是预先考虑自由。”

萨瓦特尔说：“认识死亡，才能更好地认识生命。”

冉克雷维则说：“提早认识死亡，才会深刻人生。”

巴雷特则说：“只有认知死亡，才可以树立正确、健康的价值观。”

……

智者的队列里，尽管少见中国人的身影，但也不是没有。

作家史铁生，因为残疾，他只好坐在轮椅上生活、思考和写作。他就说：

“死亡是一个必将到来的盛大的节日——它终将到来，我们无从躲避。但每个人都是一本书，出生是封面，死亡是封底。我们虽无法改变封面和封底的事情，但书里的故事，我们却可以自由地书写。”

相比死，生要简单得多！

地球上几十亿人，每个人的“生”都没得选，“死”却千奇百怪，有的伟大，有的凡俗，有的无奈，有的属于“自己选”——

2018 年 5 月，一位澳大利亚的 104 岁的科学家古德尔（David Goodall）震惊了世界。他说他真的“活腻歪了”——“不想再活下去了，希望尽快结束自己的生命”。然后在瑞士寻求“安乐死”，并且取得了成功。

尽管古德尔活到了 104 岁高龄，但他并不是“苟延残喘”，生命并非没有质量；相反，身体还算结实，且一生事业有成［身为植物学家和生态学家，他一生仅发表过的论文就有 100 多篇，拥有 3 个博士学位，获奖无数，到 2016 年，他仍然保有澳大利亚埃迪斯科文大学（Edith Cowan University）荣誉研究助理的职务，被认为是澳大利亚最年长的科学家］。儿女孝顺、子孙满堂，这些“福报”要是换成中国人，一定高兴得不得了，巴望多活一年，再多活一年，如果世间真有“长生不老”药，那花多少钱“老寿星”都想“永远地活着”。

但古德尔不这样，他要用“安乐死”来结束自己的生命。

为什么？

就在两年前，古德尔日益下降的视力已经让他很难再阅读电子邮件；他喜欢打网球，但90岁以后，打不了了；他喜欢演戏剧，但年龄太大也无法参加业余剧场的彩排了；更令人沮丧的是：几个月前，古德尔教授不小心在家中摔倒，无法自己站起来，不得不在地板上躺了两天，直到清洁工发现后才将他送到了医院。

就因为这，古德尔沉静了。

医生说：“你不能再自己坐公交，不能再自己独自过马路。”

古德尔很难过。

此外，还有一点，古德尔近年来想得越来越多，那就是和他同龄的相识者，男人女人，绝大多数都已经故去，他的身边除了家人，“再也找不到可以说话的朋友了”。

“哀莫大于心死”，古德尔没有什么特别的病痛，但孤独和“无法再独立的生活”使得他郁郁寡欢。

出路在哪里？死亡不就是一条出路？

4月4日，古德尔教授在自己家人的簇拥下度过了他的104岁生日，然后平静地对所有祝福他的人说出了自己的真实想法：“到了我这样的岁数，尽管还能吃能动，但身体机能已经退化，影响了我的生活，让我的生活‘无法独立’。所以我要走，并且不觉得结束生命是一件难过的事，相反，如果有人想要阻止我，才让我感到难过。”

老人说到做到，良辰吉日，他开始行动了。

5 月 2 日，古德尔教授和家人一一拥抱，在机场完成了他人生的“最后一次告别”，然后启程飞往瑞士——这是一趟没有归途的旅程，此别之后，他与家人将生死两隔，再难相见。

9 日，临终新闻发布会上，古德尔教授接受了媒体的专访并平静地表示：“每个人，过了中年的人，毋庸置疑，都应该有权遵循个人的选择，以及选择个人认可的时间点来结束自己的生命。不过在澳大利亚，我们还有相当长的一段路要走。”意思是澳大利亚“安乐死”没有合法化，所以古德尔无法选择死在自己的家中。

之后，老人家选择了在当地的一家植物园度过了自己人生的最后一天。

吃了他生前最喜爱的 Fish&chips 。

听了贝多芬的《欢乐颂》。

然后在北京时间 10 日晚上的 9 点钟，正式接受安乐死，死前他还一直催促着工作人员：“你们别磨磨蹭蹭的了——我等这一刻等得实在是太久了。”

古德尔教授的故事，让我表面无语，内心却波澜起伏！

这种事只有外国人会做?

中国人为什么很少有这样的“个性”?

到目前为止，世界上只有少数一些国家允许在合法的情况下实行“安乐死”。瑞士是唯一一个可以合法协助外籍公民实施“安乐死”的国家，因此每年，大约有200名外国人会来到瑞士接受“安乐死”，并为此要付出“并不便宜”的费用。

“安乐死”是否以帮助人？目前还没有答案。但中国不允许。中国的专家很多人会说因为伦理的、法理的、道德的，总之等等的问题——“不可以开这个口子”。

但是，有人不想活了，想愉快地拥抱死亡不可以吗?

他们应该怎么做呢?

这样的“走”，是对生命的“大不敬”？

2017 年 6 月 15 日，根据央视《今日说法》的报道，晚上 9 点钟左右，江苏省句容市公安局接到了一位司机的报警电话，电话里说，他要报案，他刚刚撞倒了一个人。

接电话的民警立刻问：“你撞倒了行人了吗？”

打电话的人说：“是的，对对。”很痛快、很坦诚。

于是，句容市公安局的民警很快就赶到了事发现场。在现场，警察看到一辆普通小型客车，的确是把一位中年妇女给撞倒了，但是出事的这条路是苏州市开发区，很宽，车很少，且双向 6 车道——好好的人怎么就会被撞倒了呢？

跟着民警发现：倒在小客车右前方的中年妇女并不是头朝向肇事的车辆，相反是脚和屁股对着车头。这就更奇怪了。

然后，更不对劲的：肇事司机在现场并没有惊恐万状，被撞的人被迅速送到了医院后，医生要求家属签字才能进行各种各样的抢救，但家属们都表示：“不要再让伤者接受任何抢救性的治疗了。”

这起车祸，怎么回事？十分蹊跷……

奇怪的现场，奇怪的肇事车主，以及被撞者和她的家属们的反常表现，让民警认为这起“车祸”可能另有隐情，而且很可能涉嫌“故意杀人”。

结果，在警方的进一步询问中，肇事司机承认：他这次撞人的确“另有动机”，这样做是应了被撞人自己的请求，也就是被撞的吴某请求他用车子“把自己给撞死”。

天下之大，真是什么事都有可能发生。

但无论发生什么怪事，谁会拿自己的生命来开玩笑呢？

哪个司机会愿意把一个大活人就用自己的车“砰”的一声给撞死呢？

仔细询问，原来事情的发展有这样的一个过程：

被撞人吴某，2008 年被诊断为宫颈癌，头几年配合治疗，效果还可以，但 2014 年复发，癌细胞开始多发转移，每日只有通过化疗维持，疼痛难忍、痛不欲生。

吴某开始只是想让家人协助她办好自杀，但家里的丈夫、孩子哪里下得去手？

之后她就想起来过去有一位邻居，人很好，有菩萨心，这个人就是肇事者，姓徐，他会开车，或许可以请他把自己撞死。

荒唐的计划引出了一个荒唐的约定，但自始至终，这个“约定”都来得并不容易。

开始徐某坚决不答应啊，他说你活生生的一个人，就是有病，也不能由我一脚油门把你撞死。但吴某见徐某不同意，先是请出丈夫王某去帮自己说服；然后，为了避免日后惹上麻烦，她还特意留下了3份遗嘱，告诉家人，特别是儿子，不要怪罪你徐叔叔，这样做是妈妈请求他帮助自己“了断”；最后见徐某还是不答应，吴某就干脆说：“你再不答应，我就只有给你跪下了。”

2017年的6月15日晚上8点多，吴某再次给徐某打电话，说自己已经站到了哪里哪里，什么街，具体的哪一段路，极力恳求徐某帮帮她。说自己“实在活不下去了”，无论如何都请好心的邻居帮帮她！

这段电话后来警方通过技术手段也调出来了。能够证明徐某是在吴某的一再请求下才动了恻隐之心，觉得她活着也真是“太可怜”了，于是就发生了一场“预谋的车祸”，也才有了徐某事发后的反常报警。

真相大白后，一起普通的交通肇事案迅速移交到了句容市公安局刑事办案部门。

后经公诉法院判决，徐某、王某都犯有故意杀人罪，法学上叫“被害人承诺的杀人”。

按照中国法律，任何人都没有非法剥夺他人生命的权利，都没有权利帮助他人结束自己的生命，尽管这样做是出于好心，出于帮助他人的善良愿望。

老实讲，吴某从2008年开始发现患癌，到2016年情况恶化，这8年中，丈夫对妻子的照顾也算尽心尽力了。王某最后之所以同意帮助妻子说服徐某“帮忙撞死她”，也是不忍心天天听着妻子在喊——疼得要命！疼得我都要死了！

2018年4月20日，句容市人民法院采纳了句容市人民检察院的起诉意见，鉴于在这起“荒唐的约定”中施害的一方没有获取利益而主观上具有“杀人的故意”，且事发后能够主动接受调查，不隐瞒案情，认罪、悔罪，所以，看在“故意杀人未遂”的份上，做出判决：判处徐某有期徒刑三年缓刑三年；王某有期徒刑两年缓刑两年。

清楚了案子的事发前因，法官们都在暗自思忖：我们该恨谁呢？该谴责谁呢？

这个问题如果问到我，我只能说：“三个人我都不恨，都很同情。”

但转头看看我们的周围，谁的家里没有病人？谁的家里没有因为有人生病，看病看不好、看不起而犯愁？即使是可能没有像吴某这样的癌症晚期病人，但我们也常听说或看见很多其他的病痛也一样让人痛苦难耐，让人不知何去何从——有时真想“一了百了”。

这是个现实的问题，社会的问题。

我的一位同事，他的妈妈还不到退休的年龄，头一个春节我们还在一起吃饭，人很精神、很正常，把自己打扮得也清清爽爽，有身份、有品位的。我还跟同事说：“事情哪有你说的那么严重，你妈妈这不是很好吗？”

但是没过多长时间，这位同事就回家去了，在办公室对人说“是回去处理了一件大事”。我一听就知道不好，他家出事了。果然，几天前他的妈妈一个人走进了一座大山，不带手机，不与任何人联系，就是故意不让别人找到她——这是他的妈妈反复出现的一种情况，总是想着办法“要去死”，只不过这一次“她成功了”。

……

病在吴某的身上，只有她知道生与死对她各意味着什么。

那“车祸”发生后，吴某经过抢救保住了生命，但躺在抢救室，她拒不接受医院的任何治疗。同时一遍遍地给徐某道歉，说她不应该临了还要把好邻居“拖下水”，“我真的对不起啊！”

“车祸”不久，2017年6月19日凌晨，吴某在自己的家中去世，知情人都不知道该说什么，是可惜还是解脱？

生是痛苦的，死有时又不容易办到，假他人之手“承诺杀人”

又是违法的，不能干。

那怎么办？

生与死在这个极端的例子里，针尖儿对麦芒儿地对立着。

而这个“极端”不是特例，也不是唯一，很多家庭其实都有这样的患者，其中很多患者其实也都正在面临着这样生死的危机，不知所措，找不到出路……

“死亡”竟如此美丽？

1892年，瑞士有一位地质科学家（Heim），对爬山者不幸跌落、抢救过来之前有过的一段“濒死体验”进行了一种现象学的描述。随后，许多学者对此都展开了调查和研究，并给“濒死体验”下了这样的一个定义：“某些遭受严重创伤或疾病但意外获得了恢复的人，他们处于潜在毁灭性境遇中预感即将死亡而又侥幸脱险，这些人所叙述的面对死亡威胁时其主观体验。”说得简单一点，就是“假死”“死去活来”以后的感受。

我们中国对“濒死体验”的研究也不是了无前人。

事实上，率先将国外的这项研究介绍到国内来的就有一位天津安定医院精神医学的主任医师冯志颖先生。冯医生1966年从天津医学院临床医学系毕业，从事精神医学临床工作40余年。他在介绍“濒死体验”时指出：这个体验和人们临终过程时的心理一样，是人类走向死亡时的精神活动。如果说有什么不同，那就是我们正常人死亡前的“临终过程”有较长的时间来“面临”或者说“面对”，心理准备、心理变化也是慢慢的，而“濒死体验”却多发生在“死亡突降”的紧急关头，持续短暂。

目前，国内外报道的“濒死体验”的现象大约有40余种。

1976年，中国发生了震惊世界的“唐山大地震”，冯志颖医生就和他的同事一起，对地震中的幸存者进行了“濒死体验”调查，虽然只获得了81例有效的调查数据，但这也算到目前为止世界“濒死体验”研究史上采集样本最多的一次了。

81例被调查者中有一位23岁的姑娘，姓刘。她被地震倒塌的房屋砸伤了腰椎，险些丧命。她在描述自己得救前的“濒死体验”时说：“我当时的思路特别清晰，思维明显加快，一些愉快的生活情节如电影一般一幕幕地在脑海中飞驰而过，比如童年时与小伙伴一起嬉笑打闹，谈恋爱时的欢乐，受厂里表彰时的喜悦……”

而81例被调查者，半数以上的人“濒死时”都像刘姑娘，都对自己的生活历程进行了回顾；接近半数产生了“意识从自己的身体里分离出去了”的感受，也就是身体被分为了两个，一个躺在床上，那是空壳，另一个是自己的身形，它比空气还要轻，晃晃悠悠地飘在空中，感到无比的舒适；此外还有大约1/3的人有自身正在通过坑道或隧道等奇特的空间，有时还伴有一些奇怪的嘈杂声和被牵拉或被挤压的感觉；再有约1/4的人体验到了他们“遇见”了并不真实存在的人或灵魂，这些人或灵魂大多是他们已经过世了的亲人、熟人，“那些人好像正站在前方，等着和自己团聚”。

这就是“死亡”吗？就是人一旦死去，肉体和灵魂各自而去的一种情景吗？

人类所有的感觉，一经描述，是不是就已经被打了折扣？

人没有“死过”，肯定不知。

但你没有死过，并不等于“濒死体验”就没有价值。

曾经在美国一家医院的抢救室，医护人员正在全力挽救一位老妇人的生命。

开始，小屏幕上的心电曲线还在表明她的心脏有微弱的跳动，突然，荧光屏上显现出一条直线，证明老妇人的心脏那一刻已经停止了跳动。

但3分钟的时间过去了，主治医生还在坚持不懈地进行抢救……蓦地，老妇人的心脏重新起搏，这个人又“活”了。

到了第二天早晨，老妇人竟然完全恢复了平静。

她向医生们叙述了自己头天，在那短暂的临床死亡的过程中，有一种如何奇特的感觉，那就是：“我穿过了一片令人快乐的黑暗。我看见了灿烂的阳光。我感到无比的快乐。”

死亡是快乐的吗？

我过去其实还真的“死”过一次，那一次是在广州，如果说那样的经历就是“死”，就算经历了一次“濒死体验”。

2010年我在广州做甲状腺结节的切除手术，麻药劲还在的时候，我肯定什么都不知道，但麻药劲刚一消退，我睁开了眼睛，第一个感觉就是我的家人都围在我的身边，当时心里很高兴、很安慰，当然，同时我也马上反应到："坏了，不好，看来我真是……"

"真是"是什么？癌。我说的是癌。

因为手术前，医生高度怀疑我脖子里面长的"不是个什么好东西"，就一颗，冷结节。术前的一切考量也都是按不是"良性的"来安排的，比如让家里人签字，选择切一侧还是切两侧——如果真是"坏东西"，中国是将一侧的甲状腺切掉，美国是切两侧。

我女儿签了字：切两侧！

但是，后来，我清醒了。不是，切片显示不是，不是医生担心的那样。只是麻药量大，别人一般是6个小时可以醒来，我却花了整整12个小时。

从"醒"到"还没醒透"的那一小段时间，我老实讲，我是什么也没看到、什么也没有体会到的。这，算不算是"濒死体会"？我为什么和别人都不一样？

从1892年到2018年，100多年的时间过去了。世界"濒死体验"的研究认为，临床死亡经过抢救又生还了的人，他们叙述自己的"濒死经验"，基本上可以归为五大阶段：

第一阶段，安详和轻松。持这种说法的人约占57%，他们觉得自己在随风慢慢地飘扬，当飘拂到一片黑暗中时，感到极度的平静、安详和轻松。

第二阶段，意识逸出体外，有一种灵魂和躯体分离的感觉。

第三阶段，通过黑洞，自己被一股旋风吸到了一个巨大的黑洞口，并且在黑洞里平静地、飞速地向前冲去。

第四阶段，与亲朋好友欢聚，黑洞尽头隐隐约约闪烁着一束光线，亲朋好友们都在洞口的地方迎接着自己。

第五阶段，与宇宙合而为一，身形相融。持这种说法的尽管只有 10%，但他们说的那“一刹那”，身体与光束融为了一体，宇宙的奥秘有可能被探知——结果也是美丽的、美好的。

冯志颖和他的中国团队还指出：但凡有过“濒死体验”的人，都会记忆犹新，时隔一二十年都依然“刻骨铭心”，而且他们经历了“起死回生”“重返人间”，心理都有很多微妙的变化！其中，思维特别清晰的人，性格大多会变得温顺……

也许我们真“误读”了死亡

我们究竟应该怎样面对死亡？

过去我们没有老师，没有“判断”，没有“方法”知道人怕死究竟是为什么。

这一天我看到一篇文章，无意间被狂风夺门而入，横扫了屋里的一切，也横扫了我的全身和大脑。我才知道原来“死”是那样的具体可感，是那样的有自身的节律，而且是那样的渴望被人们理解——濒死之人在临终之际，其实是有很多很多的感觉、很多很多的秘密想说，但他们说不出，已经说不出，都被“将死”剥夺了话语权。于是他们的欲望和“心里话”就只能靠生者来猜，乱猜。“猜”得靠谱了，濒死之人心里就会舒服一点、平静一点，猜得不靠谱，他们也无奈，只有忍受。

但“谱”在哪里？

这篇文章从 2015 年一出世，就被一路转发——题目叫《临终是一个怎样的过程？有生之年，幸好读到》。作者莫小米，不知真名还是网名。但这并不重要。重要的是小米先生介绍了他的爸爸在临终之前的种种“表现”，这些“表现”分别都代表了什么。

作者痛心疾首，因为在他弄懂了很多很多的事情之前，他的父亲已经走了。他误读了爸爸，铸成大错，让爸爸无端地遭遇了很多的痛苦。

比如：他想拉着父亲的手，但父亲的手“像山泉一样的凉”。他就命令弟弟，说：“快，爸爸冷，快给咱爸拿条毯子！”但那个时候爸爸还冷吗？他并不冷了。只是因为循环的血液量锐减，皮肤变得又湿又凉。“此时，在父亲的感觉中，他的身体正在变轻，渐渐地飘浮、飞升……这一刻哪怕是一条丝巾，都会让他感到无法忍受的重压，更何况一条毛毯？！”

再比如：小米想起直到父亲咽气，医生才终于拔下了连接在他身体上的各种管子，输气管、输液管、心电图仪，等等。但“父亲此生要表达的最后一个愿望，就是要拔去他鼻子上的氧气管。可是我们两个不孝的孩子是怎样违拗了他老人家的意愿了啊——我和弟弟一人一边，强按住父亲的手，直到他的手变得无力，（最后）彻底绵软……”

小米痛哭。号啕大哭！

按照小米先生的说法，如果濒死之人的感觉是那样的，那我们过去所做的一切，很多是错误的，都错了！

小米先生的“说法”有什么依据？

他说他是看了很多的医学书才有幸懂得：一般临终的病人“临终期”大致有 10~14 天（有的时候可以短到 24 小时）。在这一段时间内，医生的工作应该是“拼命帮助病人恢复健康”，还是要“尽可能地减轻他的痛苦”？这是两个“人道主义”的不同方向。

往往，“呼吸衰竭”的病人喘气困难，输氧看起来是很顺理成章的，但此时，病人已经失去了利用氧气的能力。

再往往，“吞咽困难”必然使病人无法正常地进食和饮水。此时，医生和家属都会想到用胃管给病人喂些食物和水，但不知，此时濒死的人常常不会感到饥饿了。相反，他们的脱水状态正造成着其血液内的酮体积聚，从而产生出一种止痛的效应，使病人有一种欢欣的感觉。

“我们的父亲几天几夜都没有进水进食了，我就试图让他吃一点、喝一点。但是，我们误解了：父亲其实那时候并不是饿。那时候，他已经从自己的病痛中解脱了出来——天很蓝，风很轻，花很艳，鸟在鸣，很像艺术，像宗教中描述的那番天地……”

这样的临终感觉难道是真的？

莫小米的“医学”是不是百分之百地“有道理”，我无法证实；但是，我同意他的质疑。生命是需要质疑的，死亡在今天更需要我们理解。

很多亲人在弥留之际，儿女们都很着急、很恐惧。于是我们就在孝顺和人道的惯性下，做了很多的事情。不过这些事情“这样做了”是不是合理？长此以往是否就忽略了死亡的科学性？或者，效果会不会正好相反？

濒死的人在呼吸时常会发出一种呜咽或喉鸣声，但这声音并不一定代表痛苦。我们懂吗？

人体的听觉是濒死之人最后消失的感觉，我们不想让病人听到的话，即便在最后，也不该随便说出口。这一点我们又知道吗？

更何况，病人的身体属于自己，他想怎么做？想得到怎样的医疗照顾和死亡对待？长期以来，儿女很少有询问过父母。说不出口，问不出口，觉得不该问，更没有想过应该把这样的权利交还给父母本人。

生命讲究科学，死亡讲究科学，“临终”也有一片科学的天地。

这些科学都没有那么高深，其实真没必要被高高挂起。

经常，我们乱来一气，还以为是在尽孝。但我们错了，很多事情我们都错了。

你懂“死亡”吗？不懂“死”，或者说不懂“死亡的具体过程”——每一步台阶，每一块界碑，每一片疾风骤雨，每一处沿途的风景，每一只最后的脚印，我们又怎能“善待”亲人，有朝一日，同样的道理，又怎能希冀我们的亲人来“善待”我们自己？

暗夜里我在提出问题，摸索答案。

所有的问题我要一一“破”了它，“死亡”经过这些年的研究，我知道它离我很近，但有时又离我很远。

伸手抓一把常常是空气，常常是。但我不想退缩。不，我知道我无路可退，我不应该退。

所以前路漫漫，我只有撩开荒草，把一只脚迈出去，然后跟着第二只脚也迈出去，不如此，我便会倒在荒草中，倒在无知中，前功尽弃！

谁做“优逝”的“主攻手”？

说到这，我和《生前预嘱》、“缓和医疗”又要相遇了。

事实上，罗点点为了推广《生前预嘱》写的那本书——《我的死亡谁做主》，我已经多次翻看。

采访时我问，您的这本书的书名为什么不叫《我的死亡“我”做主！》？为什么用了“谁做主”？

点点说，不行啊，现阶段我们在医院里签字的大多数都还不是患者本人，而是家属。患者的意愿“最后”能够自己“做主”的并不多。

我不是跟你说过了嘛：中国的母亲，最后都是要“一切听我儿子的”，所以《生前预嘱》值得推广，但谁能成为“推广”这件事情的主力军？临门一脚的“主攻手”应该是谁？政府？社团？社会舆论？公益组织？爱心志愿者？

杨晓升主编的看法在这里和点点吻合。

他们的疑虑，何尝不是我的？

美国是目前治疗癌症水平最高的国家，当美国医生自己面对癌症的侵袭时，他们集体发表过一篇轰动全美的文章——《医生选择如何离开人间？》。他们说，当我们知道了自己身患绝症时，选择的不是最昂贵的药和最先进的手术，而是选择最少的治疗。这或许是最明智的选择——他们在人生的最后关头，集体选择了生活品质。

我已经说过了——美国医生在自救。

中国呢？

中国的医生是什么态度？我说集体的，能够形成合力的？

没有？似乎没有？

请记住一个人的名字——朱正纲。

上海交通大学副校长、交大医学院附属瑞金医院的院长。先后在日本、美国做过访问学者。全国胃癌专业委员会的主任委员、上海市抗癌协会副理事长、中华医学会上海外科学会委员、普外科学会委员——这么多头衔？够权威了吧？

对，就是这位医生，2015 年他开始四处“拦刀”。他说：“对于晚期肿瘤患者，医生请慎对他们开刀，很可能开一个死一个！”

我预约了朱教授，不过还没有时间具体落实采访，但对他的“传奇”，我忍不住要先发声传播，因为他敢于站出来颠覆肿瘤（特别是胃癌）的传统治疗，他在不同的学术场合央求医生同行们：“请不要再轻易地给晚期胃癌患者动手术了！病人一进医院，不分青红皂白，就是开刀，跟着化疗和放疗，把病人折腾得死去活来，结果病人在没有一点生活质量的情况下，躺在床上活生生地等死，就是等死。”

朱正纲的话让我想起华益慰，华主任的经历就是活生生的写照，难道还不够？

癌症，特别是胃癌，目前在我们国家属于高发，世界每新增100万个病例，中国就有42万。如此之高的比例，而且胃癌一发现就是中晚期，我们国家传统的治疗手段基本上就是切除。这样病人的命可能暂时被保住了，但活不活得好，有没有生活质量，没人关注，换句话说关注到了也没辙。因为手术的结果无一例外的都是残酷的、恐怖的。

按照朱正纲的想法，他第一主张“胃癌要早被发现”；第二，中晚期发现了也要先使肿瘤变小，也就是“肿瘤转化”，当肿瘤终于变小了，癌细胞能够控制住了（这是可行的），然后再行手术，病人才能“受得了”，才谈得上“有救”，生活质量才可以尽量地保持。

“肿瘤转化”？“肿瘤”还可以被“转化”？

说老实话，过去我根本就没有听说过。

朱正纲和他的团队被认为是“种子医生”，就这样很多年来到处呼吁、到处宣传。

刑天舞干戚之“刑天”。

大风车前的“堂吉诃德”。

但全国各大医院、各位医生，能听得进去吗？

有人敢言：不一定听得进去！

原因并不复杂，一方面是为了赶快先救病人，救命就得手术，快刀斩乱麻；另一方面，说穿了，还不就是为了医院的经济效益？你病人进了医院，如果不开刀、不做手术、不上“手段”怎么能行？那医院怎么活？

人类的交易场上，什么都可以进行买卖，但生命不能。

医院的存在，根本就不应该和病人做买卖，和生命做买卖！

……

本来，雯雯，我已经不准备再提起这个孩子了。

这孩子太可怜了。

她是我在上海采访的4个白血病患儿以外的“另一个”。

实体瘤，恶性的，长在嘴巴里，右下颚深藏不露的部位，手术都没法做、够不到。如果硬要做，孩子的半张脸就要被挖掉，这样的结果，别说救不了命，就是能救命，小姑娘以后可怎么出门，怎么见人？

鉴于这种情况，家长决定（也没有别的可选择的了）接受“舒缓治疗”，尽量让孩子不疼，不难受，余下的日子，她愿意干点什么就干点什么吧。

在上海，我曾经面对面地采访过雯雯，这小姑娘才10岁，浓眉大眼的，一头长发，已经懂得美为何物。

我知道雯雯喜欢旅游，就问她：“你小小的年纪都去过哪些地方了啊？”

雯雯很高兴，认真地给我数：“北京、西安、韩国、泰国……”

“哦，真棒！去过那么多地方了啊？”

“嗯，接下来，外公外婆还要再带我去日本。”

“为什么要去日本？”

“我看过很多日本的动画片，想去亲眼看看日本什么样。”

当时雯雯的下巴已经开始疼，医生就给她开了吗啡，外婆带着她在家里，自己能吃，自己会止疼。

这是“舒缓治疗”从医院向社区以及家庭延伸的一个好范例。

后来我想，这孩子日后可怎么办啊？

尽管有“舒缓治疗”，她不至于太遭罪，但以后万一肿瘤长大了呢？脸会变形，也许会从嘴里往外长。那小姑娘越长越大，爱美之心也越来越强，可她的样子……

我很担心。

对，很担心。

但是，我的担心没有来得及等到“以后”，更没有来得及等到“以后”很远很远的时候，这“以后”只不过过了20天，我刚回到北京，就听说雯雯的肿瘤一直在往嘴里钻，已经压到了气道，呼吸很困难了。

家人怕她随时都可能出现意外，就让雯雯也住进了“蔚蓝星球”……

此时小洁“已经走了”。

雯雯后来也“很快走了”。

快！一个“快”字好几天就那么塞在我的脑袋里。

癌症有时发展得很快。生命有时走得很快。

所以我们要赶紧想办法，政府？社团？社会舆论？公益组织？爱心志愿者？谁能救救孩子？患者和家属心急如焚！

……

记得还是在东戴河采访陈小鲁会长的时候，这个问题我就对他提出来过。

我刚跟他发问：“谁？谁应该在推广《生前预嘱》和支持‘缓和医疗’这件事上做主力军？”

陈会长就立刻“夺过我的话”，说：“政府！”

“政府？”

“对，应该由政府来做。这样力度最大！”

“那由政府来做？国外也是如此吗？”

陈会长接下来解释：“中国的事情，为什么老比着国外？中国人要按照中国人自己的路子。如果政府重视《生前预嘱》、重视‘缓和医疗’，我们就有办法。这方面我们已经动起来了，所以我说我们的工作正大踏步地往前推进，前途是光明的！”

“前途是光明的”，陈会长说这话时勇于担当，一副只要政府支持很多人都会一路吹着号角勇往直前的样子。但是“话音未落”，陈会长已经走了，在“前面”的什么地方等着我们了。

好在他的主张没有落空。

不能让服务于“缓和医疗”的人吃亏

《生前预嘱》由社会倡导，“缓和医疗”由政府支持。这是正路，路已经在我们脚下。

其实，同样的问题，我也问过北京 301 医院南区肿瘤科的副主任李小梅。

记得那次谈话谈到这个话题时，我问得很具体。我说：“如果政府肯出面来推动这件事，你认为首先要抓的是什么？”

小梅回答得毫不犹豫：“首先要建立起这个学科。”

我有点意外。

小梅随后解释：尽管“缓和医疗”在中国并不陌生，说穿了其实也就是中医早就有过的“姑息治疗”。但学术上我们国家始终没有设立起这个学科。没设立学科当然也就没有“缓和医疗”的大学生和专科大夫，这是一个硬伤。

“能影响到什么？”

小梅说：“影响当然很大。没有这个学科，这方面的人才就没法归口，落实到每个人的命运上就很麻烦，比如最简单的一个例子：搞‘缓和医疗’的人，就没有办法来评职称。”

这不合理，没有人才，“缓和医疗”没法做！吸引不到人才，也保留不住有爱心的医生！我也觉得问题有点严重了。

……

在北京海淀医院，我接触过一个人，急诊科的女大夫董叶子。

之所以选中她作为采访的对象，就是因为她对“缓和医疗”的事业倾注了很大的心血，而且在“安宁疗护病房”成立之初，她就是专门从急诊科调过来的。

但是这位热心的好大夫，她在“安宁疗护病房”工作了 4 个月，仅仅 4 个月，就又回到了她原来的急诊科。为什么？

采访中董大夫显得很不好意思，她认为自己中途撤退有点“临阵脱逃”的味道，说不过去。

但是没办法啊，导致她不得不离开的原因不仅仅是她在“安宁疗护病房”工资很低，更重要的是她人到中年，业务上要进步，如果继续留下来，职称只能评到中级，再想往上评副教授、正教授，这个科就做不到了。

啊？这里有一条沟？

对，要填上，或加一座桥，得靠政府。

301 医院，我和小梅主任的讨论还没有完。

我问："那评不了职称"，这是第一条，还有第二、第N条的问题吗？

"有啊，"小梅掰着手指头又跟我谈起国家应该在哪些方面给予《生前预嘱》和"缓和医疗"以鼎力的支持。"比如我们要大力宣传移风易俗，要正视'缓和医疗'的事业需要投入，这投入既包括声援、鼓励，也包括人力、物力、财力等等方面，要赶快弥补上这个缺口。"

"这方面缺口很大吗？"我问。

小梅不答，看着我。

突然，我心里也大笑了起来，想起年前我做《器官移植——生命接力》时，在309医院与肾科主任石炳毅教授的交谈，当时我们也谈到了"缺口"，只不过我那时说的是"肾源"，可以供人们接受肾移植的"肾源"——资源短缺的"缺口"到底有多大？

石主任当时也是像小梅一样的不答，看着我。然后突然反问："你说'缺口'？如果一个人嘴里掉了一颗牙，你可以说这里有了一个'缺口'；掉了几颗牙，有几个'缺口'；但要是这个人'满口的牙都没了呢'，我们还谈什么'缺口'？'缺口之说'还有什么意义？！"

当时满屋子人都笑。

……

想到"评职称"，我脑袋有一小会儿开了小差儿。

其实若论"评职称"，咱先不说它难不难。这个"职称"对于我们每一个走业务而没有走仕途的事业单位的人来说确实是非常重要。

“职称”是一个带有中国特色的东西，它不仅记录着中国业务人才的成长，是一个标签儿，一个证明，同时也直接与这个人的地位、声望、工资待遇等等挂钩，甚至到了退休，你是什么级别，以后能拿多少钱，也和“职称”有关。

这种情况外国没有，外国教授就是教授，学校不聘你，你就回家当老百姓。

中国为什么要这样做？奇怪？很多事情长期奇怪了就不见怪。我们熟视无睹！

董叶子大夫那张不好意思但又完全无奈的脸还在摄像机的磁卡里，同时，这张脸的后面又出现了一张，那是北京海淀医院“安宁疗护病房”护士长马娜的，一个高高大大热情憨厚的女人。

马护士长在接受我的采访时跟我说：“我们科原有12个护士，大家都很热爱‘缓和医疗’，也都很有爱心。但是工资不高，奖金也只能拿到全院平均奖的不到一半儿。可大家都有家，都有孩子、老人；要还贷，房贷、车贷，还有其他……现在，12个护士走了3个。”

在“安宁疗护病房”，其实跟过去比，不走“治愈性”治疗的路子了。“按理说你们护士的工作不是的确相对轻松了吗？”我问。

“没有啊！”马护士长显得很委屈。

“只要病人有需要，生理的，心理的，我们都要给他们适时的照顾！”

“技术呢？”我的采访有点讨价还价，我言外之意，我理解“缓和医疗”对技术要求并不高，所以护士们的收入低一点，也……

马娜立刻回击我：“那可不一定。护理上我们是一样的。”

“别的不说，我就给您描述一下我们每天的‘换液’，就是给病人换输液瓶。这件事哪个病房的护士都要干，可我们在‘安宁疗护病房’，护士走到病人的床边，不能说换了瓶子就走，总要问问这、问问那，和病人聊上好一会儿的天。光这项工作就要比过去多花好几倍的时间。”

我说：“哦，原来是这样！那你们平日里的工作职责，有没有一个规范？能不能给我一张明细？”

马娜说：“可以，当然可以！”

于是我得到了一个“工作原则”，是“缓和医疗”具体落实到“安宁疗护”操作上的工作明细，主要的内容有“四全”。

第一，全人——首先“缓和医疗”要关注患者的整体需要，包括身体、心理、社会与灵性四个层面。

第二，全家——不光要照顾病人，还要照顾病人的配偶、子女等家属，提供对整个患者家庭的系统支持。

第三，全程——从确诊开始，持续照顾病人和家属（包括病人逝去后的家属关照）。

第四，全队——由多个学科组成一支专业的协作队伍，为患者提供“整体医疗照护”，这个团队不仅要有全科医生、专业护士，还要有“缓和医疗”专家、药剂师、营养师、心理师、护士、护工，有时还需要有宗教师、音乐师、芳香师、社工，以及众多的社会爱心人士——志愿者……

如此“四全”？如此庞大的建制？如此之多的各方面人力资源的组合？

说老实话我没想到！

“四全”听着都不简单，真正落到实处其实就更难。

而且“缓和医疗”，也包括“安宁疗护”，虽然省去了高昂的“抢救”或“治愈性”的费用，但钱可并不少花。比如医院请来心理治疗师要给患者进行心理疏导，你总不能让患者再额外地掏腰包吧？还有社工和护工，每个星期都来，跟病人聊天，给病人洗头、理发、剪指甲……这些服务对病人都是“免费的”，志愿者也不挣一分钱的工资，但天长日久的“照顾”，不是没有成本，只不过这些“成本”是他人的时间、体力和付出。

所谓岁月静好，不知道有谁为你负重前行！

走进 301 医院，走进北京海淀医院，再走进其他更多的医院，我有一天突然想到，我真应该找个政府官员聊聊了。

聊什么？

聊《生前预嘱》、聊“缓和医疗”。

聊这项事业注定是要由政府来出头，包括出钱、出政策、出规范，不然，就会发展缓慢，甚至在中国根本就没有可能发展得起来！

一时找不到官员，那天采访海淀医院的张福春院长，我就没有放过这个机会。

我说：“张院长，您说目前海淀医院的“安宁疗护”病房只有6张床，那以后还会不会扩大？”

张院长说：“当然要扩大。”

我说：“可是越扩大不是越要赔钱吗？”

院长说：“赔钱也要办。”

那好，我就带着院长继续往沟里走。我说：“但医生护士在这样的病房里工作，工资、奖金都拿得不多，职称评定也有问题，这些事情您是怎么考虑的？”

我单刀直入，只顾机会难得，提问明显地带着一些锋芒而且欠礼貌。

但院长没有躲闪，也没有计较我的“太过直白”，他非常明确地告诉我：“这些问题我们都会解决，比如评职称，我们可以比照‘老年科’的标准来进行评定；比如奖金，最终我也不会让有爱心、愿意为患者付出更多辛苦的‘缓和医疗’的医生和护士们吃亏……”

是吗？面包会有的，牛奶也会有的——“这太好了！”

目前，北京海淀医院这 6 张“安宁疗护”病床，从张福春院长的表态中我能够感到这是“第一批”，是“缓和医疗”的“火种”，有了火种，“星火燎原”的明天就可期可待。

而不光北京海淀医院，从这个点放大到全北京、全中国：

事实上，2017 年年初，国家卫计委已经通过了有关“缓和医疗”的二十几个文件，为“缓和医疗”设置了标准。

1 月 25 日，全国政协“双周座谈会”也已经将《生前预嘱》提到了国家管理者的议事日程上来。

5 月 26 日，生前预嘱推广协会总干事罗点点应邀参加国家卫计委召开的关于“安宁疗护”试点工作研讨会，卫计委家庭司有关领导当即在会上表示：今后，我们会将《生前预嘱》纳入“安宁疗护”的试点方案。

等等。

2017 年 10 月 14 日，北京生前预嘱推广协会、解放军总医院和中国老年医学学会联合举办了“2017 缓和医疗国际高峰论坛暨艺术行动”，这是中国连续两年举办了“世界临终关怀与缓和医疗日”大型纪念活动后的又一个接力。

本次活动的主题“全民医保与缓和医疗”，让世界再一次看到了中国“缓和医疗”的“动静”。

李小梅作为大会的主持，和所有参加本次会议的国内外专家都希望：中国把“缓和医疗”提高到“更高的层面”，将来医保可以覆盖，保险可以覆盖，更多的医院便会提供这种服务，更多的人也就能够接受到这项服务。

苗圃的时段，总是需要一些时间和耐心，但独木难支，“缓和医疗”必须打造出成片成片的绿林，那十几亿的中国老百姓有一天才能普遍受益。对这一点，专业人士都心知肚明，同时也知道仅仅有绿林还不够，还需要什么？立法！

“立法的路”还有多长?

2017年8月，生前预嘱推广协会在东戴河召开专家研讨会，研究撰写《中国缓和医疗（安宁疗护）发展蓝皮书》。如此热情与行动纯属民间。

而《蓝皮书》何时能给中国带来一片真实的蓝天?

人们普遍认为：一只手臂举起来是“政府的支持”，另一只手臂举起来是“法律的保障”。那么，立法工作有没有人在推动?

《生前预嘱》和“缓和医疗”何时能像美国、新加坡以及中国的台湾、香港那样，得到来自立法或政府机构给予“合法权”的明确表态?

社会的热切程度在期待中与日俱增!

2017年3月31日，生前预嘱推广协会专家委员会年会暨“缓和医疗”北京实训基地的签约仪式在英智康复石景山院区正式举行。会长陈小鲁先生、英智康复集团总裁关晓立女士分别代表双方签约，人才培训工作正式迈开了步伐。

有人说“立法”，中国最终解决问题的最有力保障还是“立法”！

对！

但也有人说：“立法”是出路，但“立法”不是快餐。不能说来就来，立竿见影。

所以我们必须正视：“立法”有它严格的程序和“时间表”，是一个慢慢挺进的过程，尽管在这条路上呼唤者已不乏其人。

凌锋，北京首都医科大学宣武医院神经外科主任，全国政协委员，连续多年在政协会上提交提案，呼吁我们国家应该对《生前预嘱》，包括“自然死”和“尊严死”进行立法或“立法”之前先给予社会团体间接的合法权。

“立法”好懂，但“合法权”这个词我过去很少听到。凌锋如是说，让我脑海里有了很多条小船，大家一打开发动机，都向着大海深处的大船靠拢，而大海深处的“大船”，如果是“立法”，那“小船”就是一种有效的过渡措施。

其实在没有采访之前，我就知道凌锋这位医学教授的名气很大。

所有“大名气”当中“有一说”就是她把香港凤凰卫视中文台黄金档节目“时事直通车”的主持人刘海若，在昏迷了3个月后，给救活了。

这样的医生多牛？呼唤“立法”应该够力度了吧？

可是一见面，当我和她提起海若的这件事（算作有恭维的“开场”吧），没想到凌锋主任立刻纠正我：“嘿，别别别，您可别这么说，人家刘海若可不是我救活的，是人家自己醒的！”

好直爽！不贪功。但这是真的吗？

2002 年 5 月 8 日，刘海若与台湾女记者巫佳静、林家欣三人结伴到英国旅游，她们乘坐的火车在伦敦以北 19 公里的波特斯巴车站，在经过一座高架铁路桥后，突然一节车厢脱轨，失控撞向车站的月台——巫、林二人均在意外中身亡，刘海若先经英国医院抢救，一直陷入昏迷，后由北京医科大学宣武医院神经外科主任凌锋接手，把她从英国接了回来，在北京，精心医治，生死徘徊。

8 月 8 日这一天，是台湾的“父亲节”，出生在台湾的刘海若，在昏迷了 3 个月后，在这一天于北京悄悄地苏醒。后来海若对凌锋充满了感激，说她有两个家，“一个是生养她的台湾，另一个就是救了她命的北京”。

凌锋为什么见了我竟说“海若不是我救活的，是人家自己醒的”呢？

我接着她的话尾执意问，尽管这件事和我下面的采访无关，但是好奇使我欲罢不能。

凌锋主任还是那样的认真：“因为她不是脑死亡啊。”

"不是脑死亡才有救的价值？"我说。

凌锋主任："对。这就有点像种豆子。你放一颗豆子在地里，给它浇水、施肥、阳光照射，让它自己慢慢地往上长——医疗所做的所有的事情，就好比浇水、施肥和给予阳光，然后耐心地等待。如果它是一颗好豆子，就会发芽；如果它是一粒石子，你就白干——脑死亡就是一粒小'石子'，各种各样的抢救、各种各样的措施，病人除了没有尊严以外，醒不了的还是醒不了，该走向死亡了的还是挡不住要走向死亡。"

我和凌锋采访前的"开场白"就是从刘海若开始的。但三句话不离本行，说着说着她就进入正题，进入立法，进入给《生前预嘱》、给"缓和医疗"，不，其实是给饱含尊严的"自然死"立法的问题。

她说："立法真没有那么快，我们国家很多事情还很迫切地需要人大立法，'自然死'一时还顾不过来。"

凌锋主任的平静，令我意外。

"啊？还顾不过来？人死了，就什么都完了，难道这件事不急？不比天大？"我问。

凌锋："急是急。只不过《生前预嘱》这个事，你让政府马上下一个命令，或者人大马上有一个法律、法规什么的出来，的确还需要一些时间。"

"但是，但是我们的国家如果没有一个法，没有一个条例，或者来自政府层面的一种推广，医生是不是就会陷入两难？”我很执着，话既出口，就得得到答案。

凌锋主任说：“那是肯定的，医生是有一定的顾虑的。比如说怕医患矛盾，怕有纠纷。我给你讲两个真实的故事吧，一个是前不久我有一个病人，在泰国溺水，时间太长了，捞出来时人就已经出现了脑死亡，然后去当地医院，经过心肺复苏，一通抢救，心脏虽然是给搋回来了，可呼吸、脑子是回不来了。但家属就是不愿意放弃，花了很多钱，包了飞机拉回来到我们这儿。我跟家属谈，‘脑死亡’是科学，没有可能起死回生了。家属那个不接受，还对我不满意，说我们这么大老远地来到北京投奔你，你不给治反而还跟我们说这个……但科学就是科学，医生不是神仙，很多情况下，医生真的无力回天！”

第二个“故事”，凌主任告诉我：“还有个病人，事先没有遗嘱，也没说危急时抢救不抢救。家属就一直希望往下治。4 个多月，在 ICU，人都像麻袋一样地被搬来搬去。花费了很多资源，病人其实也已经出现了‘脑死亡’。我就跟家属说：不需要再治疗了，现在病人脸色铁青，全身浮肿，而且一些病毒也都已经出现了，口腔溃疡、嘴唇都烂了。你们说再这样折腾，对病人是不是也是不尊重？如果他身体有知觉的话，他自己是不是愿意这样做？把这么一副样子留给世人？”

家属无语，更无奈。最后标准地落了个人财两空。

我相信凌锋主任在几十年的职业生涯中，见到的死亡实在是太多了，她要急，早就能把自己烧了，燃烧到化。

但是，我们中国有中国的国情，这可以理解。几千年自然形成的民俗不愿意承认“死亡就是生命的一个自然的过程”，也可以慢慢地移风易俗。然而眼下，既然“立法”还可望而不可即，那我们有没有一种办法能够使《生前预嘱》、“缓和医疗”，自然死、尊严死——加大力度地往前推进？不然，很多人接受了不“过度抢救”，但医生又不敢“缓和医疗”，或遇到了哪怕一点点风险就不愿意去做？我认真地跟教授请教，凌锋教授也很认真地回答我：

“当时我给国家提出了一个建议，就是提出了行政主管部门可不可以先给医生来一个‘豁免权’。”

“就是比如说国家卫计委或各省的卫计委等政府部门，先跟注册《生前预嘱》的协会有一个网络，一个信息的沟通渠道，也就是说凡是在我这里注册过《生前预嘱》的，我都把资料统统给卫计委或医管中心的什么部门，正式做个背书，然后跟医院联网。这样医院就知道每一个住院的病人昏迷前或失去知觉前他自己有什么愿望。这‘愿望’不需要他临时说，也不需要听家属怎么讲，就是病人健康时自己已经签署下来了的文件。如此，医生就可以尊重病人的愿望，拿这个文件（就是《生前预嘱》）去跟家属商量。一方面有了确实的证明；另一方面医生接下来的医疗动作——按照病人的意愿行事，也有了对自身的保护——‘免责’。”

凌锋主任的话真是一针见血，一下子把问题说到点子上。

所以她不急，因为她有办法，已经向国家提出了法律真空时段的“权宜之计”

事实上，任何一个国家的法律都是从现实需要出发的。

先有社会呼吁，然后政府部门才经过协商，明确方针，制定政策，发出文件、条例。

先有一个“小法”，然后国家再完善成“大法”。这样的路可以走，中国正在走。

凌锋主任接着说：“总之时代在进步，今天，尽管我在医院里还看不到太多的病人和病人家属主动提出‘我不要过度抢救了’，还是坚持‘只要有百分之一的希望就要尽百分之百的努力’。但是，我们还是应该看到，整个中国，人们已经开始思考：当我们的生命走到了尽头，我们能不能安详地死去，如果不能，反而还要忍受心脏按摩、气管插管、心脏电击以及内科注射等等惊心动魄的急救措施，这些急救措施即使成功了，医学也往往不能让患者真正摆脱死亡——我的余年、余时很可能都要依赖生命支持系统，来维持毫无质量的植物生命状态。这样的‘对待’我们要，还是不要？”

大多数人是“不想要”了。这就是进步。

我点头，同意凌锋主任的观察：“前途光明，但任重道远呢——”

“尊严生”“尊严死”和每个人有关！

《生前预嘱》能够帮助人们摆脱临终的困境，道理上人们是乐于接受的，最终行为上也会乐于接受。只不过推广《生前预嘱》和“缓和医疗”的组织、医院、医生、护士，我们得让他们的行为“合法化”，这个事也必须同步进行。

1976年，我介绍过了，美国加州通过了《自然死亡法案》，这是世界出现的第一部关于“自然死亡”的法案。但是我这里还要补充：这部法案出台后不到20年，《生前预嘱》的做法就扩展到了美国大部分州和北美的其他国家，并同时深刻地影响了欧洲。

20年后，1996年，相对保守的亚洲地区也出现了各种温和的、更能被普通民众接受的“尊严死”，比如新加坡的《预先医疗指示法令》，这部《法令》在1997年7月正式实施，主要内容就是：允许病人在神志清醒的时候选择“当自己由于病重或昏迷，不能表达意见的时候，要或不要使用怎样的医疗措施”，在法理上宣示了“我的死亡‘我’做主”。

再看中国：

2000年，中国台湾，《安宁缓和医疗条例》被通过，该部法律虽然只是以《条例》的字样出现，但从法律上明确了“允许患者在疾病终末期可以拒绝使用‘心肺复苏术’”。

2004年，中国香港特区政府由“法律改革委员会”代做决定并预先指示小组委员会发布了咨询文件，对所有可行方案进行了比较研究后，做出了“在现有的法律环境下，以非立法的方式推广《生前预嘱》的建议”，这样，不是立法，但是由政府出面倡导实施类似《生前预嘱》的做法，移风易俗，也赋予了执行者合法的权利。

……

有人说，以上这些来自司法或政府主导的行政支持，不仅在临床实践中打消了医生好心帮助病人又怕担上“不抢救”罪名的种种顾虑，同时也解决了一个问题，那就是当许多人依然还在是否“涉嫌谋杀”的阴影中讨论“安乐死”的合法性的时候，《生前预嘱》已经更多地彰显出了人性的光芒，这束“智慧之光”“温柔之光”可以说正在照亮生命的归途。

立法的路再长，也要走。

但是当法律的条文还没有正式诞生，中国人除了要维护和保护《生前预嘱》及“缓和医疗”的倡导力以外，还能做什么？

“我们能做的还有很多！”

说这话的是北京海淀医院的张福春院长，他在被我问到“那我们现在该怎么办”的时候，他给了我三个词，这三个词即三种力量：政府、社会、舆论。

“很多人知道一个百分比，民众不一定知道，这就要靠媒体来宣传。这就是随着中国人口的不断增加，社会老龄化也在不断扩大，近几年有资料显示：人的一生75%的医疗费用，其实都用在了最后在医院的抢救上。”

“一个人一辈子才挣多少钱啊！”

中国多少老百姓一辈子省吃俭用，为了家庭、老人、孩子，根本不舍得在自我保健方面多花钱。结果辛辛苦苦了一辈子，到头来却把用汗水换取的积蓄都送进了医院。

“如果将这笔费用提前使用到我们自己的疾病预防和平时保养，那我们中国人的人生会有多么大的一个质量提升？中国的医疗卫生体制也将会有很大的改观，那是一定的！”

2017年3月，世界华人媒体都在广泛报道或转载着一个人的郑重“表达”，这就是台湾79岁的著名女作家琼瑶发出的一篇长文，以“交代后事”的口吻对她的后代们说：“哦，我不是‘说’，而是‘要求’我的儿子和儿媳，不要因为舍不得我的离去就阻止我的‘自然死亡’，我就是害怕你们会因为‘舍不得’而‘联合医生来凌迟我’。”她要求儿子、儿媳，无论面对怎样的压力，“都不要勉强地留住我的躯体，让我变成‘求生不能，求死不能’的卧床老人，那才是你们的‘大不孝’！”

此文一出，中国男男女女，老老少少，健康的，亚健康的，有病的，没病的，要死的，终将会死的，很多人都睁大了眼睛关注并热烈地议论着。

凌锋主任说：“其实和我一样，为‘自然死’合法化呼吁立法的还有很多人，比如全国政协委员胡定旭、陶斯亮，等等。大家都想出了很多切实可行的办法来多角度地、人性化地帮助我们的国家和社会树立起新的‘生死观’。”

张福春院长继续说：“不要小看了民间和媒体的力量，多少法律都是被社会拱着往前走！移风易俗，有时更大的力量并不是来自官方的倡导，反而是社会、舆论，是老百姓自己‘想明白’了。”

过去，中国人染病死亡或寿终正寝，多数人不都是在家中？

过去，中国人也不是不明白“生老病死”其实就是“生命轮回”中不可避免的一个过程，大多数人都能平静地接受“自然死”。

只是后来，社会进步了、科技发达了、经济条件好了、人普遍长寿了，越来越多的人才把这个“临终”的“过程”都转移到医院，宁肯死在医院，死在ICU。

如此说来我们的社会是进步了，还是貌似进步？

对一些慢性病临终患者，让他们死在医院和死在家中，哪个更科学、更人性？

说到资料，我曾经看到有个资料这样介绍，美国 6% 的人会死在家中，这种“死在家中”并不是没人管，而是“缓和医疗”贴身进入社区、走进了有需要的每一个家庭。

琼瑶的声明“发出来”以后，一位朋友曾经建议我们做一个“民意调查”，说看看今天我们的社会赞同琼瑶做法的人到底有多少，不赞成的有多少，都各自说说自己的理由。

我说，这样的提议好是好，但这样的“调查”不知道领导会不会同意。

中国，对，就是我们中国。如果“缓和医疗”可以照顾到家庭，百分之八九十的人是会在家里，是会在家人的关怀和温暖中离世，谁会愿意跑到医院，跑到 ICU 去把最后的时光和冰冷冷的机器相伴，家人一天的看望只有几分钟，有的还只能透过玻璃窗，远远地把自己望上一望？

或许，中国人的“生命教育”在历史上并不是没有，只是这些年反倒“缺席”了。

“认同一种想法”像风，刮过山岗，掠过水面，都是可能的，但一旦让自己抉择了，很多很多的制约还是会成为干扰项，这个“干扰”时代越进步、生活越富裕，仿佛越多！

你想死在家中，能行吗？敢吗？

邻居不干，物业不干，上下运人的电梯只拉“立着的”活人，不会拉死人，不拉！因为人死了就只能被“横着”抬出去，哪个小区的电梯有这样的空间和容量？

这些年来我们常被问到“你幸福吗”？

中央电视台还专门为此做过不少的年终访问：“你幸福吗？”

但是“死亡”有没有人想过？

“死亡的质量”是不是也应该被纳入“幸福指数”当中？

国家宣传“优生”“优育”，大家都能接受，因为这个事和每个人、每个家庭都息息相关，但是，有谁提过“优逝”？

如果有人提出这样的概念，多少人能够理解，赞同？又有多少人能够接受，而不是再说“呸呸呸，不吉利，别再说了”等等！

回到现实。

今天的中国，医院毕竟还是实现“自然死”“尊严死”的最合适的场所；为了配合医院，我们的卫生部门可否牵头医学学科、社会学科、心理学科，乃至保险界、民政部等部门，对“自然死”作为一个课题系统深入地展开研究，研究它在中国的可行性以及现实意义，然后发出一些强有力的声音？

同时，卫生部门也可以将“自然死”引入“临终关怀”，让不知道《生前预嘱》或知道但不敢轻易签署《生前预嘱》的人们看到有国家（政府）在支持，这是一条更人性化的路，政府正在为“缓和医疗”站台、撑腰。

商业保险和其他福利制度的参加者，是不是也可以对“放弃临终抢救的”病人和家属予以援助以及相应的优惠政策？

舆论和民意的力量在大的社会“关注”气氛中可以更活跃、更积极，而不必在“私底下”“悄没声”。

总之，除了立法，我们政府、社会、百姓要做的事情还很多。

做好这件事，说到底，不是为了别人，而是为了我们自己。

谁生下来不会死？谁迈开腿走入“人生”，最后不会百川归海般融入死亡？

所以，社会进步和每个人有关，“尊严生”和“尊严死”与每个人有关。

当下就有关！

请给我一个更好的“死亡处方”！

我没见过任何一种宣传是那样静静的、无声的。

但《生前预嘱》的推广就奉行着“第一时间缄默”的原则。

什么意思？

就是这件事再好也不能像现在宣传“二胎”，像宣传环保、节约、防火、防盗一样地大张旗鼓、大声疾呼。

很多讲述《生前预嘱》的文件和对《我的五个愿望》的解释要么静静地出现在“选择与尊严”公益网站，要么摆在医院等合适场所的角落，默默地等待感兴趣、有需要的人去领取、阅读。

推广者说，他们这样做是在“种树”。

“种树？”我惊奇。

对方点点头：“对，或许需要很长的时间，但人们终会慢慢地接受，慢慢地接受……”

还记得本文开头我讲述的“果果的故事”吗？

果果父母在女儿去世的当天接受了我的采访，没有眼泪，没有痛哭，真是把我的心震撼得够呛！

时隔半年，我又来到重庆，再一次采访了他们。

这一回果果的妈妈对我说："当时我不哭，就是想着我们的女儿，她喜欢快乐，不愿意看到爸爸妈妈掉眼泪，所以不哭。"

"但是事后呢？"我倍加关心。

"事后有一天，我一个人对着镜子在洗脸，突然间我就雷霆爆发，号啕大哭了起来。为什么？女儿没了，女儿真的没了！那一刻我明确：我再也见不到女儿的笑脸和可爱的说话、唱歌的样子，那一刻，我终于崩溃了！"

再访果果父母，我们在第一期《新闻调查——生命接力》后，又派生出了第二期《新闻调查——重生》。

果果的妈妈和她的丈夫在大悲大恸之后，梳理了情绪，平复了心态，回归理性，不仅按女儿的心愿"好好地过起了日子"，而且以果果的名义，为深山里的贫困儿童购买了一个"大病保险"，以免山里的孩子一旦有了重病治不起，到时再出现意外。

同时，果果的爸妈还紧随女儿之后，都报名在他们死后捐出自己的器官和组织，为那些还有希望活下去的人提供生命的支持……

缺席的"生命教育"，或者说当"生命教育"尚且缺席，中国人，有些人其实已经在心里直面死亡的无情、斟酌生与死的来去，并从中获得与生死对话的勇气与智慧。

北京海淀医院的“安宁疗护病房”今天依然存在着，张福春院长继续兑现着他对社会也是对他自己的一个承诺。

一些得到了“缓和医疗”的病人安宁地“走”了，儿女和家属们送来感谢信。信很多，有的很长，我摘了一封：

北京海淀医院、安宁疗护病房、秦苑主任：

感谢你们让我父亲在最后的日子里，身体受到专业的关怀，心理获得温暖的慰藉，也让我们全程见证了病中的父亲对生命的态度：开朗、豁达、平和、坦然……

“安宁疗护”让老人走得很安详，走得很宁静，没有过度治疗，只有暖心的护理……

生命的珍贵与自然在这里有了最真实的解读——没有虚妄，拒绝做作。

这是什么？这就是——尊重生命！

“2015年，经济学人智库对全球80个国家和地区进行调查后，发布了《2015年度死亡质量指数》，报告指出：英国位居第一，中国大陆排名在全球第七十一”。

其实，科技发展到今天，医生们要面对的主要问题已经不是让没有“救治可能”的病人如何艰难地“活”下去，而是让他们如何“好好地走”。

不得“好死”——这可能是现在最被我们忽略了的幸福话题。

谁能给我们开出“死亡处方”？最好的，有别于传统的？

一个声音在我的耳旁提醒自己：“我们自己！”

你能想到吗？东北“老护士长”在住进北京海淀医院时，就是打算从这里“好好地走”的。但她接受了“缓和医疗”，心态放松了，觉也睡好了，身体得以恢复，几十天后竟然出院，又回到了家中。

我开始学习死亡、思考死亡。

意外地，很多人，我的采访对象，我认识的医生、护士、病人、家属，当然还有专家、学者，都成了我的“死亡老师”。

学校不给我开“死亡课程”，就只好自学。

自学怎么了？自学的呼声高了，官办的教育会随后现身也未可知。

不管受多少罪，也不能让我们的爸爸妈妈撒手人寰，这就是爱吗？

这种爱来得传统，是否也肤浅？

2005年，80多岁了的台湾学者齐邦媛，离开了自己居住的老屋住进了“养生村”，在那里完成了记述自己家族历史的《巨流河》。

这之后老人说："疲惫已经淹到了我的胸口"，并明确表示，"我希望我的死，是个读书人的样子。最后一刻仍然书卷在手，仍然有一份'腹有诗书气自华'的优雅。"

"尊重生命就必须尊重死亡"，这句话反过来是否可以解释尼采所言："不尊重死亡，就不懂得敬畏生命"？

把死亡的权利还给患者自己吧！

尽管我们在做这件"大事"的过程中还需要人的帮忙，还需要有人向我们伸出温暖的手，但这双手——《生前预嘱》、"缓和医疗"，和懂得它们存在意义的医生、护士都已经出现。

随便端一碗"鸡汤"：当一只杯子装满了牛奶，人们会说"哦，这是牛奶"；

当杯子改装果汁，人们会说"哦，这是果汁"；

只有当杯子空了，人们才看到这是什么，"这首先是一只杯子"。

对于生命，我们呱呱坠地的时候，我们知道这是"生"，举家欢庆、精心培养，然后就让这生命一路装满了学习、抱负、事业、成功，直到有一天生命也"空"了，人们才意识到："哦，这生命，我从来没有好好看看它"，才开始考虑"生死"究竟是怎样的一回事。

"鸡汤"的结论：人不能只看到人生的得失而忘了生命本身的意义。

我的结论：生命不能到了最后的一刻，才去想死，生死本是连体。

如果可能，我真想在本书的这一页上，放上一个二维码，让读者能够用手机轻轻地一扫，就能看上一段视频，这视频是什么？为什么那么重要？为什么我认为都不能用文字加以替代？果果，当果果去世后的一年半，具体说就是2018年的5月14日，我们中央电视台近年来非常火爆的一个亲情互动栏目——《朗读者》找到了“果果”，邀请果果的父母到现场做朗读者那一期节目的嘉宾。主持人董卿现场采访了果果爸妈，感动了数以万计的电视观众，甚至网络的受众。

我被节目紧紧吸引：舞台上，董卿采访完了果果爸妈，节目编导出人意料，就在现场播放了几段录音，这录音是什么？是接受了果果双肾和眼角膜的“受者”，他们要感谢果果，感谢果果的父母，说是果果给了他们第二次生命和重见光明的机会。

果果爸爸妈妈听到了，伫立在舞台中央，他们仰望星空，热泪滚滚，连连说“谢谢，谢谢”！

“我们是真心地要感谢那些接受了我们女儿器官的人，是你们让我们女儿的生命以另外的一种方式延续，这样，果果就没有死，就还活着……”

全场所有人在这一刻，听到果果爸爸这样说，集体泪奔。

果果父母当场痛哭，尤其是爸爸，这是我两次采访都没有见到过的。

那一刻我才知道，不管果果的父母对生死有着怎样属于他们自己的执念，但他们的内心，也和普通人一样，有着一道挡不住失去女儿痛苦的泪水的闸门。

最后，果果爸爸在舞台上朗诵了著名学者周国平写给女儿的一封信——《永恒的女儿》，他的女儿妞妞，因为恶性眼底肿瘤，一岁半就离开了爸爸妈妈，已经去了。

果果爸爸朗诵道：

> 你让我做了一回父亲，
> 太短暂了，
> 我刚刚上瘾，你就要走了。
> 你只让我做了片刻的父亲……
> 一个真正的男子汉一旦做了父亲就不能不永远是父亲了。
> 我的永恒的女儿，你让我做了永恒的父亲。

台下，几十位“观众”，果果的爸妈也许并不知道，他们是观众，但也都是器官捐献的接受者。接下来大家都和果果爸爸一起朗诵：

生命本没有名字——

在这个世界上，最罕见的是生命与生命的相遇。

有时我甚至觉得，两个生命在世上同时存在过，

哪怕永不相遇，其中也仍然有一种令人感动的因缘。

…………

跋

说到死，也许我显得有点愣。

对于杂志社、出版社，我要投稿、要出书，稿子一上来，第一个章节就叫死亡——《你有“死亡老师”吗？》，编辑、社长统统地都跟我摆手，齐声说，别别，咱中国的国情，还不是那么回事，还都很忌讳……“死亡”的话不能说。不能就这么直说。更不能拿这句话来当书名！

我错愕。为什么？

大千世界，科技发达，信息爆炸。眼下什么话题普通大众不可以触及、不可以谈？不信看看“二微”——微博、微信，特别是微信，微信在中国流行起来也就五六年，2013 年我在福岛采访日本大地震 3 周年，摄制组的一位摄像小弟才给我加上，那时就是为了玩，嘻嘻哈哈地也不知“微信”是什么。可一转眼，微信已经成为中国人生活中的必需，不仅替代了电话、短信、钱包、信用卡、交通卡，而且，每天海量的信息汹涌而来，势不可当。可有一件事、一个话题，没人谈、没人理。什么话题？什么事？就是“死亡”——谈论者寥寥，似烫手的山芋，一出口就仿佛“病从口入”“祸从口出”，整个社会一提到“死亡”瞬间就被自己大踏步前行的脚步给甩下，回到原始初蒙。

至于吗？

我坚持“死亡”，还要加上一个副标题——不该缺席的生命教育。

编辑却坚持：“不行，绝对不行！用这样的书名，你根本就没市场！”

我眼前，编辑成了顽固不化的“老古董”；

编辑眼前，我成了不谙世故的“愣头青”。

免战高悬？鸣金收兵吧？才不！

我耐心地跟他们讲：生命诚可贵，死亡价更高！

我们每个人活着的时候，怎么爱惜和保护生命都不为过；但生命包括死亡啊，换句话说“死亡”是“生命”的一部分啊，爱护生命势必要“爱护死亡”，这，顺理成章乎？

“爱护死亡”？

什么概念？没人说过。谁会这么想？是谁提出来的这样的口号？

我！

尽管没有死过，但我近距离地感受过死。好几回。

有一段时间，我的生命几乎遭遇了“死亡”的围攻——父亲、母亲，前辈、挚友，同事、路人——他们，一个个突兀地在我的身边或耳边倒下。一个大男人、一个小姑娘，都是上海的，我前脚刚结束对他们的采访，人才回到北京，片子还没有播出呢，人就没了。

我身陷其间，机关枪“嗒嗒嗒”在脚边不停地点射。

魂都没了！猝不及防！身陷绝地！

因此，我不想三缄其口，讳莫如深。

“死亡”是一块吸铁石，一不小心生命就会被它吸住，牢牢地吸住。怎么吸的？一头生、一头死，为什么就“拽不开”？

不得而知，就是拽不开。

太多太多的学问，太多太多的原因。

我近距离地接触过死亡——闻过它的气味，感知过它的存在，较量过它的蛮横，甚至懂得一点点它的文弱。

……

今天，中国已有几千年的文明历史了，但我们对“死亡”倒少有教育，少有经典，更少有传播。这奇不奇怪？

今天，如果人们认同“生命教育”也包括“死亡教育”，那么，我们到哪儿去找一所“生命大学”？我们的一生，有过一位“生命老师”吗？上过一堂与“死亡”有关的基础教育的课程吗？

没有，如果一个人说“没有”，那问题还不打紧；但，十几亿人都说“没有”，那问题就值得警惕，这个“缺席”就是铺天盖地的沙漠，没有一点绿色的生机。

而当今世界，很多地方很多人，其实人们早就不再密不透风地讳言死亡，“死亡”也不会因为我们的“不愿谈及”就不与我们“谋面”，最后还要不依不饶地把我们拉向另外的一个世界。

所以，“鸵鸟”其实做不成！不懂“死”就不懂“生”！

在这个前提下，还不如把生命和死亡研究个透！

人之初生——呱呱坠地，就被推上了一个巨大的舞台，这舞台大啊，几十、上百年的时间是它的面积，你尽可以放情地表演，尽情地享受，但是谢幕的事，有谁想过？

如何谢幕？

终要谢幕。

这是人的一生要完成的最后的一件事，无法替考。

我肚子里翻江倒海，很多故事、很多人。说出来也许没人听，但100个人里面万一有1个人愿意听呢？今天不想听，如果明天有人就想听了呢？

所以“说出我的秘密”，不吐不快，话已经憋到了嗓子眼儿。

无法保证每一句都是原话，但我讲到的每一个故事，都是真的……

图书在版编目 (CIP) 数据

学会谢幕 / 长江著. — 北京 : 北京十月文艺出版社，2020.6

ISBN 978-7-5302-2023-8

Ⅰ. ①学… Ⅱ. ①长… Ⅲ. ①纪实文学—中国—当代 Ⅳ. ① I25

中国版本图书馆 CIP 数据核字 (2020) 第 013191 号

学会谢幕

XUE HUI XIEMU

长江　著

出　　版　北京出版集团公司
　　　　　北京十月文艺出版社
地　　址　北京北三环中路 6 号
邮　　编　100120
网　　址　www.bph.com.cn
发　　行　新经典发行有限公司
　　　　　电话 010-68423599
经　　销　新华书店
印　　刷　河北鹏润印刷有限公司
版　　次　2020 年 6 月第 1 版
　　　　　2020 年 6 月第 1 次印刷
开　　本　880 毫米 ×1230 毫米　1/32
印　　张　10.25
字　　数　199 千字
书　　号　ISBN 978-7-5302-2023-8
定　　价　39.80 元
质量监督电话　010-58572393
如有印装质量问题，由本社负责调换。